Haus Marianne

von David Hermann

Sommer 2018

AF188788

Über den Autor:

David Hermann wurde 1985 in Gießen geboren. Er studierte Mathematik und Physik und arbeitet seit 2010 als Lehrer einer an Gesamtschule. Zu seinen literarischen Vorbildern zählt er neben Autoren wie Michael Crichton und Stephen King auch den Komiker Heinz Erhard und den Videospielentwickler Sam Lake.

Über das Buch:

Ein Anruf stellt das Leben von Felix Mandel komplett auf den Kopf. Sein früherer Nachbar und Hoteleigentümer Hans Ewald ist seit über einem Jahr verschwunden und er erhält jetzt dessen Hotel als Erbe. Zusammen mit Mia, der Nichte des Verschwundenen, beschließt er, das Hotel zu renovieren und neuzueröffnen. Doch ein mysteriöses Manuskript von Hans gibt ihnen Rätsel auf. Gemeinsam begeben sich Felix und Mia auf eine Reise in die Vergangenheit und stoßen auf Geheimnisse in Hans' Vergangenheit. Schnell ist klar, dass etwas nicht stimmt: Entweder mit Hans oder mit dem Hotel oder mit beiden. Aber auch Mia und Felix sind nicht ehrlich miteinander.

David Hermann

Haus Marianne

Bibliografische Information der Deutschen Nationalbibliothek: Die
Deutsche Nationalbibliothek verzeichnet diese Publikation in der
Deutschen Nationalbibliografie; detaillierte bibliografische Daten
sind im Internet über dnb.dnb.de abrufbar.

Copyright © 2019 David Hermann
ISBN 978-3-7494-3650-7
Coverartwork Petra Labonte
Umschlaggestaltung Tobias Göldner
Herstellung und Verlag:
BoD – Books on Demand, Nordstedt

Inhalt

Für i, k, l und m.
Danke für alles.

Prolog

Martin Stolz hasste, was er tun musste. Ebenso hasste er, was er getan hatte, und er fürchtete sich vor dem, was noch zu tun sein würde. Er saß in seiner Adler-Limousine und blickte immer wieder auf die Flasche auf dem Beifahrersitz. Normalerweise trank er nicht viel, doch die Ereignisse der letzten Jahre zwangen ihn dazu. Jede Nacht erwachten die schlechten Gedanken und Schuldgefühle, die sich wie eine uralte Lebensform in den unergründlichen Tiefen seines Verstandes ausgebreitet und eingenistet hatten. Wie ein Pilz, der einen gesunden Baum befällt. Er musste diese Gedanken abtöten. Sie durften keinen Platz einnehmen, wenn er seinem Plan folgen wollte.

Martin Stolz wollte hoch hinaus. Und dazu würde er – dessen war er sich sicher – über Leichen gehen müssen. Aber er war noch nicht bereit, damit anzufangen. Keinesfalls sollte die erste Leiche auf seinem Weg die seines Freundes und Geschäftspartners Simon Steinberger sein. Martin konnte damit leben, dass er Simon und seine Familie um all ihren Besitz gebracht hatte. Aber er wusste nicht, ob er es ertragen konnte, wenn sie wegen ihm ins Konzentrationslager verfrachtet würden. Er musste Simon warnen. Doch das würde bedeuten, dass er seinen Freund mit einer Wahrheit konfrontieren musste. Mit einer Wahrheit, die dieser nicht ertragen würde.

Martin Stolz stieg aus dem Adler und ging auf das große alte Haus zu. Aus der Ferne hörte er das Meer rauschen.

Er umrundete das Haus und trat an die Hintertür. Als er anklopfte, hoffte er, er würde Simon allein antreffen.

Er wusste nicht, ob er die Kraft besaß, Elias, dem Sohn seines besten Freundes, gegenüberzutreten.

Er wurde enttäuscht. Vor ihm stand zwar Simon, doch im Hintergrund konnte Martin Elias sehen, der mit verweinten Augen am Küchentisch saß und seine Hände schützend um einen Kaffeebecher geschlungen hatte. Er hatte immer noch blaue Flecken von letzter Nacht. Neben ihm stand seine Mutter Maria.

Als Elias den Kopf hob und Martin erblickte, begann er zu schreien. Simon verstand sofort und schrie Martin ins Gesicht: „Wieso hast du meinem Sohn so etwas angetan? Wieso hast du das getan?"

Maria, die sofort verstand, was hier vor sich ging, stellte sich schützend vor ihren Sohn. Ihre rechte Hand griff nach dem Fleischermesser, das neben dem Herd lag, während ihre linke Hand den Sohn festhielt. „Nein, nein, nein." Mehr brachte sie nicht heraus.

Martin hob abwehrend seine Hände hoch und redete ruhig auf Simon ein: „Ihr müsst verschwinden Simon. Es sind mehrere Truppen unterwegs, um euch alles wegzunehmen."

„Du hast mir bereits alles weggenommen!", schrie Simon, „Zuerst die Firma und jetzt meinen Sohn!" Er schlug auf Martin ein, der einige Schritte zurückwich. „Was hast du mit ihm gemacht? Hast du ihn nur geschlagen, oder hast du ihn auch noch gefickt, du krankes Schwein?"

Wieder schlug er nach Martin, traf jedoch nur ins Leere.

Martin zog seinen Mantel aus und legte ihn zusammen. Darunter kam die rote Hakenkreuzbinde der Nationalsozialisten zum Vorschein. „Ich habe mich nur ein wenig vergnügen wollen." Er legte den Mantel auf einen der Stühle. „Und wenn ihr jetzt nicht sofort hier verschwin-

det, dann werden ihm noch ganz andere Freuden bereitet werden" Er legte den Hut neben seinen Mantel. „Und
deiner Frau."

Simon schrie, so laut er konnte, und rammte Martin
seine Faust in den Magen.

Dieser stieß geräuschvoll die Luft aus. „Simon, ich bitte
dich, lass das." Es kostete ihn deutlich Kraft, diese Worte
herauszupressen. „Du machst alles nur noch schlimmer.
Viel schlimmer."

Aber Simon wollte nicht auf seinen ehemals besten
Freund hören. Er schlug wieder und wieder auf ihn ein,
bis er in einen Rhythmus verfiel, der ihn an die alten jü-
dischen Gebete erinnerte, die er früher mit seinem Vater
samstags in der Synagoge hatte aufsagen müssen.

Teil I – Das Haus

Kapitel 1 – Die Beerdigung

Ich erinnere mich nur noch dunkel an den Tag, an dem ich den alten Mann zum ersten Mal traf; aber ich erinnere mich noch genau an den Tag, an dem ich ihn zum letzten Mal sah.

Es war der Tag, an dem Marianne, Hans Ewalds Frau, beerdigt wurde. Sie war drei Tage zuvor nach einer kurzen, aber schmerzvollen Krebserkrankung gestorben. Ihre Leidenszeit war nicht nur für sie und ihren Mann nervenaufreibend gewesen, sondern stellte auch für mich eine besondere Belastung dar. Ich hatte während meiner Semesterferien meinem alten Freund Hans geholfen, sein Bauprojekt voranzutreiben. Er hatte die fixe Idee, ein altes heruntergekommenes Haus an der Ostseeküste zu einem kleinen Hotel umzugestalten. Zwar verfügte er über die nötigen finanziellen Mittel, alle Arbeiten von einem Bauunternehmen durchführen zu lassen, dennoch wollte er unbedingt selbst Hand anlegen, wohl nur, um noch ein wenig mehr Kontrolle über den Baufortschritt zu haben.

Da ich in diesem Semester keine Hausarbeiten mehr abzugeben hatte, meinte meine Mutter, ich könne mich jeden Morgen gemeinsam mit Herrn Ewald auf den Weg nach Brodten machen und ihm bei seiner Arbeit helfen.

Wir waren schon beinahe fertig mit der Renovierung, als Marianne zusammenbrach. Gott sei Dank war sie an diesem Tag ausnahmsweise einmal mit auf die Baustelle gekommen, um sich mit den Bewerbungen des zukünftigen Personals auseinanderzusetzen. So war es möglich, dass Elsa, die bis dahin einzige Angestellte des Hotels, sofort zu Hans eilte und ihm berichtete, was mit seiner Frau passiert war.

Hans und Marianne fuhren direkt zurück nach Lübeck, um

bei ihrem Arzt vorzusprechen. Ich blieb auf der Baustelle zurück, um in der Zwischenzeit die Arbeit der Tapezierer und Schreiner abzunehmen. Hans würde mich später am Abend wieder abholen. Das dachte ich zumindest.

Als um 18 Uhr die Arbeiter ihre Werkzeuge niederlegten und mit ihren kleinen Transportern nach Hause fuhren, wartete ich immer noch ungeduldig. Da Hans sich offenbar verspätete, malte ich mir aus, sie hätten beim Arzt zu lange warten müssen. Ich ging hinunter in die Empfangshalle und steuerte auf das Telefon hinter der Rezeption zu. Als ich den Hörer abnahm, kam kein Freizeichen. Die Leitung war offensichtlich noch nicht freigeschaltet. Ich legte den Hörer wieder auf die Gabel und ging nach hinten in die Küche, um zu sehen, ob es noch etwas Essbares im Kühlschrank gab. Ich entdeckte etwas Obst und Brot und machte mir damit ein Abendessen.

Mit der dürftigen Mahlzeit setzte ich mich vor das Hotel auf die Steinstufen, die zur Eingangstür hinaufreichten. Dort saß ich, aß und wartete. Als später am Abend die Sonne unterging, realisierte ich, dass man mich offenbar vergessen hatte. Dies konnte ich nicht mehr auf eine lange Wartezeit beim Arzt zurückführen, sondern nur auf eine niederschmetternde Diagnose. Ich stand auf, stieg die Stufen hinauf und betrat das Hotel. Ich würde der erste Mensch sein, der hier seit langem übernachtete. Ich schloss hinter mir die Tür und verriegelte sie mit dem Generalschlüssel, den Hans mir anvertraut hatte, damit ich überall Zugang hatte und den Handwerkern behilflich sein konnte. Ich wusste, dass ein Zimmer bereits vollständig eingerichtet worden war, um für die Reisekataloge entsprechende Werbefotos zu erstellen.

Ich ging also hinauf ins erste Obergeschoss und vorsichtig die noch leere Galerie entlang. Es war mittlerweile so dunkel geworden, dass ich nicht mehr genau sehen konnte, wohin ich trat. Am Ende der Galerie befand sich Zimmer Nr. 1, in dem ich die Nacht verbringen wollte. Ich öffnete die Tür mit meinem Schlüssel und trat in das dunkle Zimmer. Da ich nicht unnötig viel Schmutz in das Zimmer hineintragen wollte, zog ich meine Kleider noch in der Tür aus und legte sie vorsichtig auf einen Stuhl.

Erschöpft ließ ich mich ins Bett fallen und zog die dünne Decke hinauf bis unter mein Kinn. Ich war kaum eingeschlafen, als ich schon wieder durch das Geräusch eines herannahenden Autos geweckt wurde. Ich stand auf, zog mich an und ging über die Galerie zurück zur Treppe. Als ich den oberen Treppenabsatz erreicht hatte, wurde unten die Eingangstür aufgeschlossen. Die Tür öffnete sich und Hans Ewald trat ein.

Schon von weitem konnte ich seine Niedergeschlagenheit sehen. Er wirkte zerdrückt, als laste ein großer Stein auf seinen Schultern, dessen Gewicht ihn nach unten zog. Ich eilte die Treppe herunter, um meinen Freund zu stützen, da ich befürchtete, er könne jeden Augenblick zusammenbrechen. Ich sah sein verweintes Gesicht und roch den Alkohol in seinem Atem. Ich führte ihn zur Rezeption und setzte ihn auf einen der beiden Stühle.

„Sie wird sterben."

Die ersten Worte, die er sagte, nachdem er das Hotel betreten hatte, bestätigten meine Befürchtung.

„Marianne wird sterben. Einfach so. In wenigen Tagen, vielleicht Wochen, wenn wir Glück haben Monaten."

Ich wusste, dass ich ihn jetzt einfach reden lassen musste und ihm keine Fragen stellen durfte.

„Sie hatte einen Darmdurchbruch. Sie wurde sofort operiert. Der Arzt hat gesagt, sie hätte Glück gehabt. Hätte man sie nicht operiert, hätte man ihren Krebs nie gefunden." Hans machte eine lange Pause. „Was ist an Darmkrebs im Endstadium schon glücklich zu nennen? Der Doktor meinte, da könne man nichts mehr machen. Wieso hat man das erst jetzt bemerkt? Das habe ich ihn gefragt." Hans sah mich verzweifelt an und erneut rannen Tränen über seine Wangen. „Er hat irgendwas gestammelt, was ich nicht verstehen konnte. Für mich hörte es sich an wie ‚Pech gehabt'."

Hans fing jetzt richtig an zu weinen. Ich stand auf, da ich nichts Besseres zu tun wusste. Plötzlich hörte er auf, sah mich an und sagte fast unhörbar: „Vielleicht ist es besser, wenn du fährst."

Er gab mir den Schlüssel und ich nickte.

Am nächsten Morgen fuhr ich allein auf die Baustelle. Ich lieh mir dazu den Wagen eines Freundes. Da die Bauarbeiter nur danach fragten, wer sie bezahlte, mussten sie auch nicht wissen, wie es um ihren Auftraggeber bestellt war. Ich schloss ihnen alle Räume auf, in denen gearbeitet werden musste, und beschloss, mich der Aufgabe zu widmen, die gestern noch von Marianne übernommen worden war. Ich ging nach hinten in die Büros und nahm mir den Stapel an Briefen vor, der in der Box mit der Aufschrift „Noch nicht bearbeitet" lag. Ich öffnete einen nach dem anderen und sortierte die eingereichten Bewerbungen nach ihren Tätigkeitsfeldern. Da ich nicht genau wusste, worauf es bei jeder einzelnen Bewerbung ankam, verließ ich das Büro, um nach Elsa zu suchen. Ich fand sie im Büro nebenan.

„Können wir kurz reden?"

Sie sah von ihren Unterlagen auf.

„Natürlich, komm rein."

Ich betrat ihr Büro mit den Bewerbungen in der Hand. Ich war mir sicher, dass Elsa noch nicht über Hans' Situation informiert war.

„Marianne wird sterben."

Diese drei Worte sorgten dafür, dass Elsa augenblicklich ihren Stift weglegte und mir ihre volle Aufmerksamkeit schenkte.

„Wahrscheinlich schon innerhalb der nächsten Wochen", führte ich weiter aus. „Ich habe Angst, dass Hans jetzt alles hinwirft, dass er das Hotel aufgibt."

Sie war sprachlos.

„Sie wird an Darmkrebs sterben."

Ich wartete ab, ob sie etwas sagen wollte. Als sie nach einer langen Pause noch immer nichts gesagt hatte, fuhr ich fort: „Aber es darf nicht dazu kommen, dass Hans daran zugrunde geht. Selbstverständlich muss er trauern, aber er muss auch an diesem Projekt festhalten. Das Projekt wird ihn festhalten. Es wird ihn am Leben halten." Ich hoffte, dass sie ebenso tief in die Seele meines Freundes blicken konnte wie ich.

Doch an ihrem Blick erkannte ich, dass sie Hans zwar gut kannte, aber nicht gut genug: „Du meinst, wir sollten Herrn Ewald bei der Stange halten, damit er eine Ablenkung hat? Felix, so funktioniert der Mensch nicht. Herr Ewald muss das alles erst einmal verarbeiten. Und so wie ich die Sache überblicke, dauert die Renovierung noch mindestens drei Monate. Die ersten Gäste werden in frühestens vier Monaten einziehen. Außerdem wird sich Marianne in den letzten Tagen, die ihr noch verbleiben, bestimmt nicht um die Einstellung des Personals kümmern wollen."

Ich legte ihr den Stapel mit Bewerbungen auf den Tisch. „Deshalb dachte ich, wir könnten uns gemeinsam darum kümmern." Ich sah sie flehend an. „Ich kann das nicht allein. Außerdem ..."

„Außerdem was? Sag mir bloß nicht, dass du dich aus dem Staub machen willst."

Ich musste schlucken. „Ich weiß es noch nicht. In einem Monat beginnt mein neues Semester. Ich hatte sowieso vor, hier bald die Zelte abzubrechen." Ich sah, dass sie zu einer Widerrede ansetzte: „Ich werde natürlich noch bis zuletzt weiterarbeiten, aber über kurz oder lang muss Hans die Sache übernehmen können."

Wir redeten noch eine Weile, ehe Elsa sich eine kurze Bedenkzeit erbat. Ich gewährte sie ihr und drehte noch eine Runde durch das Hotel, um nach der Arbeit der Handwerker zu sehen.

Am dritten Tag nach der Diagnose kam Hans das erste Mal wieder ins Hotel. Er war unrasiert, machte aber ansonsten einen guten Eindruck. Wir begrüßten uns und er kam direkt zur Sache: „Wir müssen reden Felix. Du, Frau Meiwald und ich. Wir müssen über die Zukunft dieses Projekts reden."

Ich nickte nur und fragte ihn: „Wie geht es Marianne? Wie geht es dir?"

„Der erste Schock ist verdaut. Aber Marianne kann uns nicht weiterhelfen. Sie bekommt jetzt starke Schmerzmittel und verlässt das Haus nur noch selten. Ihre Schwester ist jetzt bei ihr." Er merkte, dass mich seine Antwort nicht befriedigte, deshalb fuhr er fort: „Mir muss es gut gehen. Ich muss jetzt stark sein. Stark sein für Marianne und für das Haus."

Wir gingen nach hinten in das Büro seiner Frau. Es würde jetzt wohl sein Büro werden. Hans legte seine lederne Aktentasche auf dem Schreibtisch ab und setzte sich auf den wuchtigen Stuhl.

„Elsa und ich sind momentan damit beschäftigt, die Bewerbungen zu sichten", teilte ich ihm mit. „Wir haben bisher vier Personen ausgemacht, die wir – wenn du einverstanden bist – zu einem Gespräch einladen würden."

Hans nickte nur.

„Außerdem haben wir den Elektriker bezahlt. Es sind jetzt nur noch die Rechnungen mit den Malern und den Schreinern offen, aber soweit wir das überblicken können, ist genug Geld da."

Wieder nickte er nur.

„Schwieriger wird es bei den Möbeln", fuhr ich fort. „Hierfür haben wir meiner Meinung nach zu wenig Geld einkalkuliert."

Hans atmete tief ein und hielt für einem Moment die Luft an, ehe er sie keuchend wieder ausstieß.

„Außerdem kommen noch die Rechnungen für die Medikamente hinzu. So wie es sich momentan darstellt, muss ich wohl noch einmal mehr an mein privates Geld gehen."

Er wirkte gefasst und stark, sodass ich neue Hoffnung schöpfte, er könne es schaffen. Jedoch musste ich noch warten, ehe ich ihm eröffnete, dass ich in weniger als fünf Wochen weg müsse und in den nächsten Semesterferien nicht mehr zur Verfügung stände.

Vier Tage vor Mariannes Tod fasste ich endlich den Mut, vor Hans alle Karten offen auf den Tisch zu legen. Ich fuhr nachmittags mit dem Bus ins Krankenhaus, in dem Marianne mittlerweile stationär behandelt wurde und fragte mich zu ihrem Zimmer durch. Kurz nachdem ich angeklopft hatte, öffnete Hans die Tür. Erstaunt sah er mich an und fragte beinahe etwas barsch: „Was machst du denn hier?"

„Ich muss mit dir reden", antwortete ich knapp und fuhr direkt fort: „Können wir kurz unten reden? Es wird bestimmt nicht lange dauern." Als er zögerte, schob ich nach: „Wenn es gerade unpassend ist, kann ich auch später wiederkommen."

Hans sah kurz über die Schulter nach hinten, dann trat er vor die Tür und schloss sie leise. „Marianne schläft gerade. Wir haben also etwas Zeit, sollten uns aber beeilen. Ich will bei ihr sein, wenn sie wieder aufwacht."

Schweigend gingen wir nebeneinander her den Gang hinunter, durch das Treppenhaus in das kleine Café im Eingangsbereich des Krankenhauses. Es war noch ein Tisch frei, so dass wir uns setzen konnten. Ich ging zur Bedienung und bestellte zwei Tassen Kaffee. Mit den Getränken in der Hand ging ich zum Tisch zurück. Bevor ich etwas sagen konnte, fing Hans an zu reden: „Marianne hat mir erzählt, dass sie bereits seit einiger Zeit mit starken Bauchschmerzen zu kämpfen hat. Sie hat es auf den Stress geschoben." Hans machte eine Pause und blickte ins Leere. „Wären wir nur etwas eher zum Arzt gegangen." Wieder Schweigen. Die Pause wurde unerträglich lang, da ich ein schlechtes Gewissen hatte, ihn bald allein zu lassen. Plötzlich sah er mich direkt an: „Was wolltest du mir sagen?"

„Nun," ich riss die Kaffeesahne auf und verrührte sie mit zwei Würfeln Zucker im Kaffee, „ich habe beschlossen, in einer Woche wieder zurück nach Köln zu fahren, um dort mein Studium fortzusetzen. Ich werde dich nicht mehr bei deinem Projekt unterstützen können."

Ich trank einen Schluck Kaffee. Hans rührte nur mit leerem Blick in seinem schwarzen Kaffee herum.

„Ich werde dir natürlich in dieser Woche weiterhin helfen, wo es nur geht, aber ich muss im nächsten Jahr unbedingt mein Studium beenden." Ich suchte nach den richtigen Worten, um meinen Plan zu rechtfertigen. Mir fiel jedoch nichts Rechtes ein und so sagte ich schlicht: „Ich muss meinen eigenen Weg gehen."

Hans sah mich traurig an. „Nun, ich hatte gehofft, du würdest dein Studium zunächst einmal pausieren und mir dabei helfen, das Hotel zum Laufen zu bringen. Ich würde dich gut bezahlen. Das weißt du." Er hörte auf in seiner Tasse zu rühren und trank vorsichtig einen Schluck. „Ich habe mir wohl zu oft vorgestellt, wie es wäre, wenn wir beide zusammenarbeiteten. Natürlich habe ich immer gewusst, dass du irgendwann wieder studieren würdest. Ich habe nur die ganze Zeit gehofft, dieser Moment käme nicht so bald."

Hans nahm jetzt doch ein Tütchen Zucker und gab es in den Kaffee. Als er den Zucker verrührt hatte, durchbrach er endlich wieder die Stille: „Aber natürlich respektiere ich deinen Wunsch. Du weißt, dass ich dich zum Teilhaber gemacht hätte. Du hättest mir helfen können, all den Bürokram zu erledigen, und nebenbei noch die ein oder andere handwerkliche Kleinigkeit reparieren können."

„Ich weiß, dass du mir das angeboten hättest, aber ich denke, es ist Zeit für mich, meinen eigenen Weg zu gehen. Du musst dich um deine Frau kümmern und die Bauarbeiten leiten. Elsa wird dir bei allem anderen helfen. Ich muss mein Studium beenden. Was danach kommt, weiß ich noch nicht."

Hans rührte immer noch in seinem Kaffee. Schließlich sagte er: „Dann ist das wohl so. Ich danke dir für deine Offenheit. Komm morgen Abend noch einmal zu mir, damit ich dich bezahlen kann." Sprach's und stand auf.

Ich spürte, dass er von mir enttäuscht war, wollte jedoch nicht von meinem Plan abweichen. Ich würde ihm meine Beweggründe noch einmal erklären, vielleicht würde ich das auch nur per Brief tun.

Auf dem Friedhof war es totenstill. Nur ein paar Vögel waren zu hören. Vorne neben dem Grab stand der dunkle Sarg. Darauf lagen Blumen und zwei große Blumenkränze. Die Trauergemeinde saß in einem Halbkreis auf alten wackligen Bänken um das Grab herum. Der Pfarrer faselte irgendwas von einer Wiedergeburt. Hans sah mit versteinerter Miene ins Leere. Neben ihm saß seine Nichte Mia, die vor zwei Tagen angereist war. Allen liefen Tränen über die Wangen.

Ich kannte Mia von früher, als Mia noch jung und ich unschuldig war und wir noch nicht an Dinge wie Tod oder Darmkrebs dachten.

Mia hatte jung geheiratet – einen Arzt oder Anwalt – und war dann mit ihrem Mann nach Hamburg gezogen. Das war das Letzte, was ich von ihr gehört hatte. Sie selbst hatte früher immer davon geschwärmt, einmal Tierärztin zu werden, aber welches kleine Mädchen tut das nicht. Soweit ich mich erinnerte, hatte sie eine Ausbildung zur Erzieherin gemacht und übte diesen Beruf auch aus.

Der Pfarrer war jetzt über den Umweg des „vom Leid erlöst Seins" am Ende seiner Ansprache angelangt. Als Nächstes würde Hans etwas sagen wollen. Er atmete tief ein, stand auf und ging mit sicheren Schritten zu dem kleinen mobilen Rednerpult.

„Ich möchte nicht viele Worte über meine Frau verlieren. Jeder von euch kennt sie anders, als ich sie gekannt habe. Jeder von euch hat sein eigenes Bild von ihr. Ich für meinen Teil werde ihr Andenken immer bewahren. Sie war für mich immer mehr als nur meine Ehefrau. Sie war meine Begleiterin, mein Kompass und meine Partnerin. Und um ihr Andenken zu wahren, werde ich das von uns beiden restaurierte Hotel umbenennen in HAUS MARIANNE."

Kapitel 2 – Der Brief

Ich komme zu spät. Und das alles nur, weil heute offensichtlich die halbe Stadt ihre Brötchen in meiner Stammbäckerei kaufen will. Aus den üblichen zehn Minuten Fußweg und Anstehen für die Brötchen sind mittlerweile beinahe 30 geworden. Und um allem noch die Krone aufzusetzen, ist in der Zwischenzeit die Kaffeekanne in der Maschine – die ich immer einschalte, bevor ich zum Bäcker gehe – geplatzt. Diese Ereignisse hätten sich jeden anderen Tag aussuchen können, aber sie mussten ausgerechnet diesen wählen. Ich versuche in meinem Büro anzurufen und Michaela mitzuteilen, dass ich mich verspäte, aber die Leitung ist belegt. Wahrscheinlich telefoniert sie bereits mit Senheimer, der aus der Sitzung heraus anruft, um zu fragen, wo zum Teufel ich denn nun bliebe.

Ich kann es kaum erwarten, dass mein Taxi endlich zum Stehen kommt. Die Tür hat sich noch nicht ganz geöffnet, als ich schon nach draußen auf den Bürgersteig springe. Ich hetze die zweihundert Meter zum Hauptgebäude der MEDIA-1-Gruppe entlang und hoffe inständig, dass ich nicht ins Schwitzen gerate. Ich will keinen schlechten Eindruck in der Chefetage hinterlassen. Ich nicke dem Pförtner zu, eile die Treppe hinauf und gehe zielstrebig auf mein Büro zu. Michaela sitzt an ihrem Schreibtisch und tippt einen Brief ab. Ich werfe mein Jackett auf den Kleiderhaken und nehme mir ein Glas Wasser.

„Hat Senheimer schon nach mir gefragt?"

„Ja, bereits zweimal. Ich habe ihm gesagt, dass ich versuche Sie zu erreichen, aber Sie sind nicht ans Telefon gegangen." Wahrscheinlich hat sie genau in dem Moment versucht, mich anzurufen, als ich beim Bäcker in der Schlange gestanden habe. „Außerdem hat noch ein Notar, ein gewisser Herr Müller, für Sie angerufen."

„Hat er gesagt, was er will?" Ich suche meine Papiere zusammen und gehe auf die Bürotür zu. Ich muss schleunigst zu Senheimer, sonst kann ich den Antrag für mein nächstes Projekt begraben.

„Nein, er hat nur gesagt, dass er Sie noch einmal anrufen wird. Ich habe ihm gleich gesagt, dass Sie heute eine wichtige Sitzung haben und dass er Sie frühestens heute Mittag wieder erreichen kann."

Als Michaela den letzten Satz sagt, bin ich schon zur Tür raus. Diesmal nehme ich doch den Aufzug, obwohl ich nur eine Etage nach oben muss. Ich möchte den kurzen Moment im Fahrstuhl nutzen, mir eine Strategie zu überlegen.

Wahrscheinlich wäre es das Beste, wenn ich Senheimer die Wahrheit sage, mich bei ihm entschuldige und ihm dann meine Idee unterbreite. Aber das würde bedeuten, einzuräumen, ich wäre kein allzu guter Planer. So wie Senheimer tickt, dreht er mir einen Strick daraus, dass ich die lange Schlange beim Bäcker nicht einkalkuliert habe und dass man bei der Betreuung eines solchen Projekts nun mal mit allen Eventualitäten rechnen muss.

Und damit läge er sogar richtig. Es dürfte kein leichtes Unterfangen werden, einen Dokumentarfilm über Republikflüchtlinge zu drehen, sie bei ihren Fluchtvorbereitungen zu begleiten und im besten Falle ihre Flucht zu dokumentieren. Aber – sollte mein Projekt abgelehnt werden – würde das auch bedeuten, dass ich meinem Freund Manni, der vor zwei Jahren schwimmend in die Bundesrepublik geflohen ist, mitteilen müsste, unser Projekt sei gestorben.

Ich erreiche den Konferenzraum, klopfe an und trete direkt ein. Senheimer, Meier, Wern und Giesing, das fiese Wiesel, sehen auf.

„Herr Mandel, schön, dass Sie uns auch noch beehren. Setzen Sie sich bitte." Senheimer überrumpelt mich, noch bevor ich mich erklären kann. „Wir sprechen gerade über Giesings Idee, zur diesjährigen Europameisterschaft eine Dokumentation über die Leute in unserem wunderschönen Nachbarland Frankreich zu drehen. Was halten Sie davon?"

Da ich diesen Gesprächsverlauf nicht erwartet habe, bekomme ich nur ein „Klingt toll" heraus. Welche Eloquenz.

„Finden Sie? Dann macht es Ihnen doch bestimmt nichts aus, wenn ich Ihnen mitteile, dass Ihre Geschichte zunächst einmal auf Eis gelegt ist."

Dieser Satz trifft mich wie ein Hammerschlag. Ich bekomme kaum noch Luft. „Wieso? Weil ich zu spät zu Ihrer Sitzung erschienen bin?"

„Zu unserer Sitzung. Wissen Sie, Herr Mandel, es gehören immer mehrere Menschen zu einer Sitzung, denn allein kann man sich nicht treffen. Verstehen Sie das? Wenn ich mich zu einer Sitzung verspäte, was noch nie vorgekommen ist, dann gebe ich den entsprechenden Personen Bescheid. Ich lasse meine Vorgesetzten nicht warten. Verstehen Sie das?"

In mir ist während seiner Worte eine unbeschreibliche Wut angewachsen, die jetzt wie ein bleierner Klotz in meinem Magen liegt. Schweiß tritt auf meine Stirn.

„Sie können jetzt gehen", eröffnet Senheimer mir. „Fürs Erste dürfen Sie weiterarbeiten, aber ich wünsche morgen ein Gespräch mit Ihnen in meinem Büro."

Ich bringe nicht die Kraft auf, auf Senheimers Rede zu antworten. Ich spüre meinen Körper kaum. Wie von Geisterhand gesteuert schleiche ich über den Flur. Dann werden meine Schritte schneller. Ich stolpere zu den Toiletten und erreiche mein Ziel gerade noch rechtzeitig. Ich übergebe mich mehrmals in die Toilette. Dann bleibe ich auf dem Boden sitzen und schließe die Augen.

Michaela sitzt nach wie vor an ihrem Schreibtisch. Sie lackiert gerade ihre Fingernägel, als ich ins Büro komme. Erschrocken legt sie ihren Nagellack zur Seite. Ich schleppe meinen Körper zum Schreibtischstuhl.

„Großer Gott, was ist denn mit Ihnen passiert? War Senheimer so schlimm?" Michaela steht von ihrem Bürostuhl auf und schenkt mir einen Kaffee ein. „Oder brauchen Sie etwas Starkes?"

Ich winke ab, nehme den Kaffee schwarz und spüle mit dem ersten heißen Schluck meinen Mund aus. Dabei verbrenne ich mir den Gaumen. Der Schmerz bringt mich zurück in die Realität.

„Er bittet mich morgen zu einem Gespräch." Ich nehme einen weiteren Schluck Kaffee. „Am besten gewöhnen Sie sich schon einmal daran, bald einen anderen Idioten vor sich sitzen zu haben."

„So schlimm wird es schon nicht werden." Sie schenkt mir neuen Kaffee nach und verrührt ihn, ohne nachzufragen mit Milch und Zucker. „Sie finden ein neues Projekt. Außerdem sind Sie ja immer noch Meiers Zuarbeiter. Der wird Sie schon nicht fallen lassen wie eine heiße Kartoffel."

Ich weiß, dass sie mich nur aufmuntern will und dass fast alles, was sie sagt, morgen schon ganz anders sein kann, aber dennoch kann ich mir ein kleines Lächeln nicht verkneifen.

„Denken Sie noch an den Anruf dieses Notars?", fragt sie mich noch.

Ich erinnere mich daran, dass sie mir vor einer Viertelstunde etwas von einem Notar erzählt hat, der nach mir verlangt habe, kann mich aber nicht an die weiteren Zusammenhänge erinnern.

„Wie hieß er noch gleich?"

„Herr Müller aus Lübeck."

Als Michaela die Stadt nennt, fängt etwas in mir an zu vibrieren. Wie ein Alarm oder ein aufgeregtes Kribbeln. „Aus Lübeck sagen Sie? Hat er gesagt, worum es geht?"

„Leider nein. Aber er hat versprochen noch einmal anzurufen."

Meine Gedanken kreisen um Lübeck. Was will ein Notar von mir? Meine Mutter ist vor drei Jahren gestorben und weitere Verwandte existieren nicht. Es kann sich also nicht um eine familiäre Angelegenheit handeln. Hat es etwas mit Hans zu tun? Ich habe schon bestimmt seit zwei Jahren nichts mehr von ihm gehört. Anfangs hat er mir noch Briefe geschrieben und ich ihm auch einige wenige. Dann haben wir kurz nach dem Tod meiner Mutter telefoniert. Zur Beisetzung ist er nicht erschienen. Und vor ziemlich genau zwei Jahren ist der Kontakt ganz abgebrochen. Das Letzte, was ich gehört habe, ist, dass das Hotel gut läuft.

Ich verbringe den Rest des Vormittags damit, billige Kekse zu essen und Unmengen an Kaffee zu trinken. Irgendwie fasse ich den Mut und rufe Manni an. Gott sei Dank ist er nicht zuhause und kann meinen Anruf nicht entgegennehmen. Seiner Frau sage ich, dass ich mich noch einmal bei ihm melde. Um kurz vor zwölf überlege ich, ob ich in der Kantine etwas essen soll, aber die Möglichkeit, dort auf Giesing zu treffen und die Tatsache, dass mir immer noch etwas flau im Magen ist, bewegen mich dazu, mich weiterhin mit billigem Gebäck zufriedenzugeben. Gerade, als ich eine neue Packung aus dem Schrank nehmen will, klingelt das Telefon.

„MEDIA-1, Abteilung Dokumentarfilme, Büro Felix Mandel, Schneider am Apparat." Michaela rattert ihr Begrüßungsmantra wie ein Maschinengewehr herunter. Danach kommen einige kurze „Hmms", bevor sie sagt: „Ich werde Sie mit ihm verbinden." Sie verdeckt die Sprechmuschel mit der Hand und sagt: „Es ist dieser Notar aus Lübeck. Soll ich ihn zu Ihnen durchstellen?"

Ich bin sofort hellhörig und hebe den Daumen zum Zeichen, dass sie mir das Gespräch auf meinen Apparat legen soll. Schon nach dem ersten Läuten hebe ich ab. „Felix Mandel, wie kann ich Ihnen helfen?"

„Guten Tag Herr Mandel, mein Name ist Helmut Müller. Ich verwalte den Nachlass meines Klienten Hans Ewald."

Mein Herz schlägt auf einmal schneller. Ich hatte schon geahnt, dass ein Anruf aus Lübeck nur in Zusammenhang mit Hans stehen kann, jetzt stellt sich mir die Sache jedoch so dar, als sei er bereits verstorben.

Während meine Gedanken kreisen, fährt Herr Müller fort: „Da davon auszugehen ist, dass Herr Ewald verstorben ist, soll noch diese Woche die Testamentseröffnung stattfinden. Diese kann jedoch auf Wunsch meines Klienten nur in Ihrem Beisein erfolgen."

„Was meinen Sie damit, dass davon auszugehen ist, dass Herr Ewald verstorben ist?" Die Frage ist aus mir herausgesprudelt, ohne dass ich die Absicht gehabt hätte, den Notar zu unterbrechen.

„Nach meinen Informationen ist Herr Ewald vor über einem Jahr verschwunden. Meiner Kanzlei liegt ein Schreiben vor, demzufolge nach einer Frist von einem Jahr sein Testament zu eröffnen ist. Die Polizei hat seine Leiche nicht gefunden und geht deshalb davon aus, dass er in der Ostsee ertrunken und von der Strömung nach draußen ins offene Meer gesogen wurde. Genauere Informationen liegen mir leider nicht vor. Auf Drängen seiner Nichte Mia Wiegand soll nun noch in dieser Woche die Testamentseröffnung erfolgen. Jedoch darf dies, wie bereits erwähnt, aufgrund einer Verfügung meines Klienten nur in Ihrem Beisein geschehen."

Mia hat also wieder ihren Mädchennamen angenommen. Das konnte nur bedeuten, dass die Ehe mit diesem Anwalt oder Arzt nicht gehalten hat.

„Wie stellen Sie sich das vor? Ich wohne, wie Sie ja wissen, mittlerweile in Köln und bin beruflich momentan sehr eingespannt."

Bei dieser Lüge fühle ich mich schlecht und gut zugleich. Schlecht, weil mir wieder bewusst wird, dass ich möglicherweise schon morgen meinen Job verliere. Gut, weil ich auf einmal erkenne, dass sich mir dadurch die Möglichkeit bietet, heute noch nach Lübeck zu fahren.

„Ich könnte allerdings um einen Kurzurlaub bitten", füge ich hinzu.

Einem spontanen Impuls folgend beschließe ich, dass ich viel mehr als das tun werde. Ich würde ausbrechen aus diesem Hamsterrad und versuchen, in Lübeck wieder Fuß zu fassen.

„Wir haben Ihnen für heute ein Zugticket erster Klasse

bereitlegen lassen. Ihr Zug fährt in drei Stunden vom Kölner Hauptbahnhof ab."

Wieder habe ich gleichzeitig ein gutes und ein schlechtes Gefühl. Einerseits bestärkt mich der Zeitdruck in meinem Vorhaben, andererseits sät er auch leise Zweifel. Zweifel daran, ob ich mein Nest, das ich mir hier in Köln eingerichtet habe, verlassen soll.

„Mir ist selbstverständlich klar, dass das alles sehr kurzfristig ist, aber Frau Wiegand bat mich, die Testamentseröffnung zügig voranzutreiben."

Herr Müller macht eine kurze Pause. Als ich nichts erwidere, fährt er fort: „Ich erwarte Sie morgen früh zur Testamentseröffnung in meinem Büro. Meine Adresse habe ich bereits Ihrer Sekretärin mitgeteilt. Ich muss dieses Gespräch jetzt leider beenden, da ich noch einen weiteren Gesprächstermin wahrnehmen muss. Wir sehen uns dann morgen."

Da das gute Gefühl überwiegt, antworte ich nur: „Ich danke Ihnen für Ihren Anruf. Ich werde morgen da sein."

Müller wartet nicht ab, ob ich noch etwas zu der ganzen Situation äußern will. Er verabschiedet sich nicht und lässt auch mir keine Zeit, mich zu verabschieden. Verblüfft lege ich den Hörer auf die Gabel. Dann stehe ich auf. Ich spüre wieder ein Kribbeln, diesmal jedoch ein positives. Dazu kommt, dass ich auf einmal wieder Appetit auf ein richtiges Mittagessen habe. Ich nehme mein Jackett und wende mich an meine Sekretärin.

„Michaela, könnten Sie mir bitte drei Briefe abtippen? Ich unterschreibe sie dann nach dem Mittagessen." Michaela spannt wie zur Bestätigung schon den ersten Bogen Papier in ihre Olympia. „Zuerst schreiben Sie bitte meine Kündigung an diesen Saftladen. Dann schreiben

Sie bitte die Kündigung meiner Wohnung, die Adresse haben Sie ja. Und als Letztes schreiben Sie noch einen kurzen Brief an meinen Anwalt, der sich bitte um alles Weitere kümmern soll." An der Tür bleibe ich noch einmal kurz stehen und füge hinzu: „Für morgen melde ich mich krank. Sollte Senheimer oder irgendwer sonst fragen, wo ich bin, denken Sie sich bitte etwas Fantasievolles und möglichst Unhöfliches aus." Mit diesen Worten verlasse ich das Büro und lasse Michaela verblüfft zurück.

Ich wähle den Platz direkt am Fenster, lege meinen Koffer in die Gepäckablage, setze mich hin und schlage meine Zeitung auf. Aber statt zu lesen, kreisen meine Gedanken wild um alles, was an diesem Morgen passiert ist. Michaela hat alle drei Briefe abgetippt und sie mir zur Unterschrift hingelegt. Nachdem ich sie unterzeichnet hatte, verabschiedeten wir uns kurz voneinander. Danach gab ich die Briefe zur Post, fuhr nach Hause, packte meinen Koffer und rief einen Trödelhändler an. Ich bot ihm meine gesamte Einrichtung zum Verkauf an, informierte meinen Freund Manni, den ich bat, den Verkauf zu überwachen, und wand mich geschickt darum, ihm zu erklären, was an diesem Morgen vorgefallen war. Danach machte ich mich auf zum Bahnhof und ließ mir das Ticket aushändigen.

Jetzt sitze ich im Zug nach Lübeck, habe mein altes Leben hinter mir gelassen und frage mich plötzlich, was in mich gefahren ist. Was, wenn Hans mir nichts vermacht hat? Gründe dafür hätte er viele. Allein, dass ich ihn nach der Beerdigung seiner Frau alleingelassen habe. Außerdem stelle ich mir auf einmal die Frage, wieso Hans mir überhaupt etwas hinterlassen sollte. Schließlich wird mir klar, dass ich meinen Job so oder so hätte an den Nagel hängen sollen, ganz gleich ob ich ein Vermögen in Aussicht gestellt bekomme oder nicht. Mit diesem Gedanken kann ich mich schließlich etwas beruhigen und versinke in einen leichten Dämmerzustand, bis ich schließlich gänzlich einschlafe.

Das Hotel, in dem ich mich einquartiert habe, ist ziemlich klein und nach genauerer Betrachtung auch etwas schäbig. Ich ärgere mich kurz darüber, dass Herr Müller in all seiner Planung nicht daran gedacht hat, mir ein ordentliches Zimmer zu reservieren. Ich beschließe, direkt am nächsten Morgen wieder auszuchecken und mir eine andere Unterkunft zu suchen. Nach dem kläglichen Abendessen gehe ich noch kurz an die Bar und genehmige mir einen Drink, bevor ich mich schlafen lege.

In der Nacht träume ich wieder und wieder von Hans' Hotel. Von meiner ersten und einzigen Nacht, die ich in dem bereits eingerichteten Zimmer verbrachte. Immer wieder sehe ich, wie Hans zur Tür reinkommt. Manchmal sieht er aus, wie ich ihn in Erinnerung habe, manchmal hat er ein blutüberströmtes Gesicht und einen zertrümmerten Schädel. Dann wiederum steht nicht Hans in der Tür, sondern Mia, die mich mit leerem Blick ansieht. Am nächsten Morgen erwache ich schweißgebadet. Ich verzichte auf das Frühstück im Hotel und gehe stattdessen auf dem Weg zu Herr Müller noch kurz in ein kleines Café, um wenigstens einen Bissen zwischen die Zähne zu bekommen.

Obwohl mich Herr Müller erst um elf Uhr in seinem Büro erwartet, halte ich es nicht länger aus, schlendere zum Bahnhof, schließe mein Gepäck in einem der

Schließfächer ein und mache mich bereits um kurz nach zehn auf den Weg zu seiner Kanzlei. Es ist verwunderlich, wie gut man sich nach so langer Zeit noch in einer Stadt auskennt. Ich muss nur dreimal auf die Karte blicken und finde das Gebäude, in dem sich Müllers Büro befindet, sofort. Als ich um die Ecke biege, sehe ich die Frau, die ich zuletzt auf Mariannes Beerdigung gesehen habe.

Mia steht vor dem Bürogebäude und raucht eine Zigarette. Sie trägt ein grünes Sommerkleid und darüber eine leichte weiße Jacke. Als sie mich sieht, winkt sie mir zu, lässt ihre Zigarette auf den Boden fallen und tritt sie mit dem Schuh aus. Ich beeile mich auf den letzten Metern und begrüße sie.

„Mia, es ist schön, dich wiederzusehen."

Wir reichen uns etwas kühl die Hände.

„Wie geht es dir?", kaum ausgesprochen, verdamme ich mich für diesen plumpen Versuch, eine Konversation anzuleiern. „Weißt du etwas Genaueres über die Sache mit deinem Onkel?"

Mia zückt eine neue Zigarette. Sie wirkt nervös.

„Danke der Nachfrage. Mir geht es gut." Bei diesen Worten zucken ihre Augen leicht. „Ich habe vor einer Woche Herrn Müllers Anruf erhalten. Da ich die einzige Angehörige bin, wollte ich natürlich sofort wissen, was in seinem Testament steht, aber Herr Müller teilte mir mit, dass er es erst öffnen dürfe, wenn du anwesend bist." Sie nimmt einige tiefe Züge ihrer Zigarette. „Über das Verschwinden meines Onkels weiß ich im Prinzip nichts. Zwar hat mich die Polizei vor etwa einem Jahr dazu befragt, aber damals ging man noch davon aus, er habe sich irgendwohin abgesetzt. Dann kam vor einem halben Jahr noch jemand von seiner Versicherung, der überprüfen wollte, ob Hans sich nicht eventuell umgebracht haben könnte. Den Rest – so hoffe ich – werde ich jetzt gleich erfahren." Sie streicht sich eine Strähne aus dem Gesicht.

Als Mia ihre zweite Zigarette zu Ende geraucht hat, gehen wir beide auf das Bürogebäude zu. Ich drücke die Klingel mit der Aufschrift „H. Müller - Notar" und nach wenigen Sekunden ertönt der Summer. Wir treten ein und gehen die enge Treppe hinauf in den dritten Stock.

Wir sitzen an dem kleinen Konferenztisch in Herrn Müllers Büro. Mia und ich auf der einen Seite, Herr Müller auf der anderen. Auf dem Tisch liegt eine schwarze Mappe aus Leder. Herr Müller rührt in seinem Kaffee und sieht auf die Uhr.

„Wie ich Ihnen bereits am Telefon mitteilte, liegt mir ein Brief vor, der mich dazu veranlasst, bereits ein Jahr nach dem Verschwinden meines Klienten Hans Ewald, dessen Testament zu eröffnen. Die eigentliche Frist beträgt – wie Sie sicher wissen – mindestens fünf Jahre. Im Falle meines Klienten betrüge sie sogar zehn Jahre."

Müller nimmt einen braunen Umschlag aus der Ledermappe und öffnet ihn. Darin befindet sich ein kurzer handgeschriebener Brief. Ich erkenne sofort Hans' Schrift.

Hiermit verfüge ich, Hans Ewald, dass nach Ablauf eines Jahres – sollte ich nicht wiederkommen und von der Kanzlei dieses Schriftstück zurückfordern – im Beisein meiner Nichte Mia und meines Freundes Felix Mandel mein letzter Wille zu öffnen ist.

Der Brief endet mit Hans' geschwungener Unterschrift. Ich lese den Brief ein zweites Mal durch. Er liest sich nicht wie ein Abschiedsbrief. Ich sehe Mia an und mir wird klar, dass sie ebenfalls über die Worte ihres Onkels grübelt. „... *Sollte ich nicht wiederkommen...*" Wo könnte er hingegangen sein?

Müller wirft wieder einen Blick auf die Uhr, macht jedoch keinerlei Anstalten, die Ledermappe erneut zu öffnen.

„Wir müssen leider noch auf Frau Geier warten, meine Sekretärin."

„Dürfte ich dann einmal kurz die Toilette benutze?", fragt Mia.

„Aber selbstverständlich. Die Tür zweite Tür links."

Mia steht auf und nimmt ihre Handtasche. Dann verlässt sie das Büro. Nach einigen Augenblicken kommt sie wieder.

Gerade als sie sich gesetzt hat, öffnet sich nach kurzem Klopfen die Tür und eine alte Schachtel betritt den Raum.

„Gut, dass Sie da sind, Frau Geier. Die Dame und der Herr warten schon ganz ungeduldig", quittiert Müller ihr Erscheinen.

Besagte Frau Geier setzt sich ebenfalls an den Tisch und zückt einen Block und einen Füller.

„Frau Geier wird den Vorgang protokollieren", erklärt uns der Notar.

Frau Geier notiert das Datum auf dem ersten Blatt und schaut dann wartend ihren Chef an.

„Nun denn, dann wollen wir einmal loslegen." Herr Müller öffnet die Ledermappe und entnimmt ihr einen Umschlag. Auf dem Umschlag steht in einer mir bekannten Handschrift „Letzter Wille von Hans Ewald".

Ich, Hans Ewald, geboren am 03.09.1920, wohnhaft im HAUS MARIANNE, Hermannshöhe, Brodten, bestimme als meinen letzten Willen:

Ich setze drei Erben ein: Meinen guten Freund Felix Mandel, meine Nichte Mia Wiegand und meine getreue Mitarbeiterin Elsa Meiwald. Felix Mandel erbt das Hotel HAUS MARIANNE sowie ein Drittel meines in Wertpapieren und auf diversen Sparkonten angelegten Vermögens. Zudem erhält er den beiliegenden Brief.

Meiner Nichte Mia Wiegand vermache ich den Rest meines Vermögens.

Sollte einer der beiden verstorben sein, was mich zutiefst betrüben würde, so geht der entsprechende Anteil an deren Verwandte. Sollte es keine Verwandten geben, geht der entsprechende Anteil an einen Wohltätigkeitsverein, der vom Notar zu bestimmen ist.

Die Standuhr des Hotels HAUS MARIANNE geht an Elsa Meiwald, die mir immer mit Rat und Tat zur Seite gestanden hat.

Ich bitte das Nachlassgericht Lübeck, einen Testamentsvollstrecker zu bestimmen.

Brodten, 24.02.1983

Hans Ewald

Ich atme tief ein und wieder aus. Ich werde ein Drittel seines Vermögens erben. Vor lauter Freude darüber vergesse ich beinahe, dass ich nicht weiß, wie viel von seinem Geld noch da ist. Schließlich weiß ich noch nicht einmal, wie gut das Hotel in den letzten Jahren lief. In den paar Stunden zwischen meinem Auschecken aus dem kleinen schäbigen Hotel und dem Treffen mit Mia habe ich mir so manche Gedanken gemacht, zu denen ich gestern noch nicht in der Lage gewesen bin. Was ist, wenn Hans sich in den letzten Jahren in den Ruin getrieben hat? Was ist, wenn das Hotel mittlerweile ein verfallener Schatten seiner Selbst ist? All das werde ich in den nächsten Wochen herausfinden, denn für mich steht fest, dass ich auf keinen Fall nach Köln zurückkehren werde.

Der Notar erklärt uns noch dies und das, aber ich höre nur noch mit halbem Ohr zu, da ich mir schon in den wildesten Farben ausmale, wie es wohl sein wird, nach all den Jahren in das alte Haus zurückzukehren.

„Natürlich wird es ein wenig dauern, bis man festgestellt hat, um welches Vermögen es sich genau handelt, aber ich bin mir sicher, Sie werden Verständnis dafür haben. Ich habe bereits veranlasst, dass jemand Herrn Ewalds Banken kontaktiert. Falls Sie mir also eine Vollmacht ausstellen, werde ich Ihnen diese Arbeit gerne abnehmen."

„Ich denke, dass es am vernünftigsten wäre, Ihnen diesen Teil zu überlassen." Mia ist mal wieder schneller als ich. „Und ich bin mir sicher, dass Herr Mandel ebenfalls nichts dagegen hat."

Ich nicke zustimmend.

„Na schön, dann lasse ich von meiner Sekretärin eine entsprechende Vollmacht aufsetzen. Sie können sie morgen unterschreiben", verspricht uns Herr Müller.

Bevor wir gehen, reicht mir Herr Müller den Brief, der dem Testament beiliegt. Wir verabschieden uns und verlassen das Büro. Auf dem Weg nach unten schweigen wir zunächst noch, ehe Mia fragt: „Was wirst du tun? Fährst du gleich noch raus zum Hotel?"

„Ich weiß noch nicht recht. Ich denke, ich suche mir zunächst einmal hier in Lübeck eine neue Bleibe. Das Hotel, in dem ich die letzte Nacht verbracht habe, war nicht besonders gut."

„Ich mache dir einen Vorschlag. Ich wohne in einer vorzüglichen Pension. Wieso nimmst du dir nicht einfach dort ein Zimmer und wir fahren morgen früh gemeinsam raus zum Haus. Dann sparen wir die Kosten für ein zweites Taxi." Sie lächelt leicht, vermutlich aufgrund der Tatsache, dass sie seit einer halben Stunde steinreich ist. „Außerdem könnten wir heute Abend gemeinsam essen. Dabei kannst du mir erzählen, was in deinem Brief steht und was du die letzten acht Jahre gemacht hast."

„Das klingt sehr verlockend. Wenn du mich zum Bahnhof begleitest und mir mit meinem Gepäck hilfst, spendiere ich dir einen Kaffee."

Ich sitze in einem kleinen, aber sehr sauberen Zimmer. Vor mir steht eine kleine Flasche Schnaps aus der Minibar. Daneben liegt der Brief, der dem Testament beigelegt war. Ich trinke einen Schluck. Der Schnaps brennt in meinem Rachen. Dann nehme ich den Briefumschlag in die Hand. Er fühlt sich fest an. Das Papier scheint teuer zu sein. In dem Umschlag ertaste ich einen harten Gegenstand. Mein Herz pocht, als ich erkenne, dass es nur der Generalschlüssel des Hotels sein kann. Bevor ich den Umschlag öffne, nehme ich noch einen letzten Schluck aus der Flasche und werfe sie danach in den Mülleimer. Dann reiße ich den Umschlag mit einem Kugelschreiber auf.

Als Erstes kommt der Schlüssel herausgefallen. Es ist, wie ich vermutet habe, der Generalschlüssel des Hotels. Danach gleitet der Brief aus dem Umschlag. Er ist ebenfalls auf teures Papier geschrieben.

Lieber Felix,

ich bin froh, dass du noch am Leben bist. Es wäre nicht schön gewesen, wenn so ein alter Mann wie ich einen jungen Kerl wie dich überlebt. Ich fasse mich kurz. Zunächst möchte ich dir noch einmal sagen, dass ich tiefstes Verständnis dafür habe, dass du mich damals nach dem Tod meiner Frau allein gelassen hast. Du musstest dich um deine eigene Mutter kümmern und außerdem stand es Dir natürlich offen, deinen eigenen Weg zu gehen. Ich hätte mich dennoch gefreut, wenn dein Weg auch ein Stück weit mein Weg gewesen wäre und wir beide HAUS MARIANNE gemeinsam zu dem gemacht hätten, was es schließlich geworden ist.

Als Nächstes möchte ich dich vor einigen speziellen Räumen im HAUS MARIANNE warnen. Es fällt mir schwer, dir das jetzt in einem Brief zu erklären, deshalb vertraue mir einfach, wenn ich sage, dass nicht alles so ist, wie es scheint. Pass auf dich auf. Genauere Erklärungen kann ich dir jetzt nicht geben, da ich es selbst nicht so ganz begriffen habe. Sieh dir die Manuskripte an. Sie liegen in meinem Büro im Tresor. Die Kombination für das Schloss lautet 15 - 2 - 19 – 42

Lebe wohl mein Freund.

Dein Hans Ewald

Ich lese den Brief mehrmals durch. Was kann Hans nur mit seltsamen Räumen gemeint haben? Ich beschließe, dass ich Mia diese Frage später stellen werde. Dann sehe ich auf die Uhr. Es ist schon kurz nach sieben. Ich lege den Brief in meinen Koffer und stecke den Schlüssel in mein Portemonnaie. Dann gehe ich hinunter in die Lobby. Mia sitzt auf einem der Sofas und sieht mich erwartungsvoll an.

Nachdem wir unser Essen bestellt haben, erzähle ich Mia von dem Brief.

„Mir hat er nie etwas über seltsame Räume erzählt. Das hört sich ja schon etwas nach einer Schauergeschichte an, findest du nicht?"

Ich bejahe, denke aber gleichzeitig, dass es sich nach keiner mir bekannten Schauergeschichte anhört.

„Was für Manuskripte kann er gemeint haben?", grübelt Mia. „Und wieso schließt er sie im Tresor ein? Für mich klingt das alles ein wenig nach einer Art Altersparanoia."

Sie sieht mich fragend an.

„Das denke ich nicht", erwidere ich. „Ich weiß noch nicht so recht, was ich davon halten soll, aber auf jeden Fall denke ich nicht, dass Hans verrückt geworden ist. Ich würde zu gerne einen Blick in die Polizeiakten werfen. Es muss schließlich Untersuchungen gegeben haben."

Mia zündet sich eine Zigarette an. „Wie dem auch sei, es klingt auf jeden Fall danach, dass der morgige Besuch im Hotel recht spannend werden könnte."

Kapitel 3 – Das Hotel

Direkt nach dem Frühstück steigen Mia und ich in ein Taxi, das uns von unserer Pension zu HAUS MARIANNE bringen soll. In meiner Jackentasche ruht Hans' Brief, in dem er die Tresorkombination notiert hat. Den Hotelschlüssel habe ich mittlerweile an einem kleinen Schlüsselring befestigt. Mia hat vorgeschlagen, am Nachmittag noch einmal mit Herrn Müller zu telefonieren und den Besuch im HAUS MARIANNE aus diesem Grund in den Vormittag zu verlegen. Ich wäre auch ohne einen nachmittäglichen Termin so früh wie möglich raus nach Brodten gefahren, da ich mich fühle, als zöge mich eine mysteriöse Kraft dorthin.

Während der Fahrt schweigen wir uns an. Ich hänge meinen Gedanken nach und sehe, dass es Mia ebenso ergeht. Ich habe beschlossen, dass ich zunächst einen Rundgang durch das Hotel machen werde, ehe ich den Tresor in Hans' *Büro öffne. Mia möchte sich sofort in den beiden Büroräumen umsehen. Möglicherweise erhofft sie sich, doch noch einen Abschieds*brief oder etwas Ähnliches zu finden.

Die letzten Kilometer vor dem Hotel verspüre ich wieder ein starkes Kribbeln in der Magengegend. Kurz bevor das Taxi um die letzte Kurve biegt, sehe ich vor meinem inneren Auge das Hotel so, wie ich es vor acht Jahren hinter mir gelassen habe. Der Anblick, der sich mir dann in der Realität bietet, ist auf den zweiten Blick erschütternd.

Aus der Ferne betrachtet sind zwar nur wenige Anzeichen des Verfalls zu erkennen, doch – sobald man sich dem Haus nähert – sieht man, dass der Garten vor dem Hotel zugewuchert ist und die Äste der Bäume wild über die kleine Terrasse wachsen. Von dem Schriftzug über der Eingangstür fehlt das H, so dass dort nur noch „AUS MARIANNE" steht.

Als ich aus dem Taxi steige, sehe ich die kleineren Schäden am Haus. Die zersprungenen Fenster lassen mich erahnen, wie es im Inneren des Hauses aussieht. Da auf allen drei Etagen Fensterscheiben kaputt sind, schwant mir, dass es an mehreren Stellen ins Hotel hineingeregnet haben muss. Ich vermute, dass die Scheiben durch Vandalismus oder starke Stürme zu Bruch gegangen sind, da ich mir nicht anders erklären kann, wie solche Schäden innerhalb eines Jahres entstehen konnten. Ich drehe mich einmal im Kreis, um einen Gesamteindruck zu gewinnen. Dabei fällt mir auf, dass das Geländer der Terrasse ebenfalls stark beschädigt ist. Ich beschließe, dass ich nach einem Rundgang im Inneren des Hauses auch die Rückseite in Augenschein nehmen werde.

Mia tritt zu mir. Sie hat den Taxifahrer bezahlt und vereinbart, dass er uns in vier Stunden wieder am Hotel abholt. Daran hatte ich nicht gedacht. Aber zum Glück ist Mia so vorausschauend gewesen und erspart uns damit, nach Brodten zu wandern und von dort aus ein Taxi zu rufen, falls die Telefone im Hotel nicht mehr funktionieren sollten.

„Worauf wartest du?" Mia sieht mich auffordernd an. „Ich bin schon ganz gespannt, wie es drinnen aussieht."

Ich ziehe den Schlüssel aus meiner Jackentasche und stecke ihn in das Schloss. Er passt perfekt und lässt sich fast wie von selbst im Schloss drehen.

„Ich hoffe nur, dass die Toiletten noch funktionieren, weil ich es sonst nicht bis heute Nachmittag aushalte", bemerkt Mia.

Ich überhöre den letzten Satz und drücke die Tür auf. Mir fällt sofort der muffige Geruch auf. Meine Befürchtung, es könne ins Gebäude hineingeregnet haben, scheint sich bewahrheitet zu haben. Mia wedelt demonstrativ mit ihrer Hand vorm Gesicht und rümpft die Nase. Als ich das Hotel betrete, werden meine Knie weich. Ich greife nach Mias Arm und halte mich fest. Dank ihrer Hilfe kann ich mein Gleichgewicht wiederfinden und es bleibt mir erspart, auf dem verschmutzten Fußboden mit den Knien aufzuschlagen.

Der Boden ist teilweise mit verrottetem Laub bedeckt, hier und da liegen tote Mäuse in den unterschiedlichsten Stadien der Verwesung. Die Sessel und Tische der Lounge sind mit einer Schicht aus Staub und Spinnweben überzogen, der große Spiegel hinter dem Tresen ist blind vor Schmutz.

„Es sieht so aus, als habe das Haus eher ein halbes Jahrhundert leer gestanden."

Ich achte nicht weiter auf Mias Kommentar.

Langsam gehe ich auf wackeligen Beinen in die kleine Empfangshalle. Mein Blick schweift über die Wände, deren Tapeten sich an einigen Stellen lösen, die Rezeption, auf der tatsächlich noch die Klingel steht und das schwere dunkle Treppengeländer, das vor fast einem Jahrzehnt einen italienischen Bauarbeiter – Marco – beinahe das Leben gekostet hätte.

An meinem ersten Tag auf der Baustelle stellte Hans mich dem ganzen Bautrupp vor. Es waren hauptsächlich Italiener, die sich in Deutschland ein paar Mark verdienen wollten. Ich fand schnell Anschluss in der Gruppe und schloss mich zunächst den Malern und Tapezierern an. Da die kleine Empfangshalle schon mehr oder minder in Schuss gebracht worden war, konnte man dort die Wände streichen und tapezieren. Ich würde also die nächsten drei Tage hier verbringen.

Während ich mit Marco und Leandro die Trennwand zum Restaurant grundierte, sägten, hämmerten und schraubten vier andere Arbeiter an der großen Holztreppe, die von der Lobby hinauf zur Galerie führt. Obwohl wir zügig und konzentriert arbeiteten, blödelten wir ab und zu etwas herum. So brachte Leandro mir beispielsweise bei, wie man sich mit einer Leiter fortbewegt, während man noch auf ihr steht.

Am dritten Tag geschah dann der Unfall. Leandro und ich standen gerade auf der Leiter und brachten Bahn für Bahn der teuren Tapete an, als ein junger Bursche aus dem Bautrupp an der Treppe zu uns rüber sah.

„Kann einer von euch dreien mal eben helfen, das Treppengeländer anzubringen?"

Da Marco nichts weiter zu tun hatte, schlenderte er zur Treppe hinüber.

Das Geländer musste, da es aus einem langen Stück bestand, in voller Länge gleichzeitig auf die vorgesehenen Pfosten gesteckt werden. Hierzu waren an der Unterseite der Handführung Löcher eingelassen, die exakt auf die oberen Enden der Geländerpfosten passten. Die Arbeiter verteilten sich entlang der hölzernen Handführung und hievten auf ein Kommando des Vorarbeiters gleichzeitig das Geländer auf die Pfosten.

Da ich noch oben auf der Leiter stand, konnte ich den Vorgang nicht sehen, aber ich reimte es mir so zusammen: Frank, einer der sieben Elektroniker, die in den beiden Obergeschossen unter Hochdruck die elektrischen Leitungen verlegten, war wohl mal wieder nicht ganz nüchtern bei der Arbeit. Genauer gesagt, hatte ich ihn noch nie nüchtern erlebt. Er wuselte immer im ersten Stock herum und war ständig auf der Suche nach seinem Werkzeug. *An diesem Morgen stolperte er, den Blick auf den Boden gerichtet, gerade am oberen Treppenabsatz über seine eigenen Füße, als die Zimmerer versuchten, den Handlauf in seine Position zu hieven. Frank geriet ins Straucheln und griff in seiner Panik nach dem Treppengeländer. Die Handwerker hatten mit der zusätzlichen Last nicht gerechnet und so kam es, dass der Handlauf ruckartig um etwa eine Armeslänge nach unten rutschte. Dumpf schlug sein Ende an Marcos Unterkiefer, der von der Wucht zu Boden gerissen wurde.*

Erik, einer der Zimmerer, schrie auf und machte mich so auf die Situation aufmerksam. Ich sprang von der Leiter herunter und eilte zur Treppe. Zuerst wollte ich mich um Marco kümmern, doch dann wurde mir klar, dass die Zimmerer immer noch versuchten, mit vereinten Kräften den Handlauf zu halten. Ich packte das massive Holz fest mit beiden Händen und gemeinsam schafften wir es, die Löcher, die sich an der Unterseite des Handlaufs befanden, exakt über den Pfosten zu platzieren. Langsam ließen wir den schweren Holzbalken in die gewünschte Position gleiten. Erst als der Spalt zwischen den Pfosten und der Handführung verschwunden war, drehte ich mich um und sah nach Marco.

Sein Kiefer war auf der rechten Seite vollständig zerdrückt und Blut quoll aus seinem Mund. Auf seiner Stirn hatte sich Schweiß gebildet und er hatte begonnen, am ganzen Körper zu zittern. Ich zog mein Hemd aus und legte es ihm unter seinen Kopf. Dann drehte ich mich um und rief in Richtung der Büroräume: „Wir brauchen einen Krankenwagen!"

Marianne kam nach vorn geeilt und blieb abrupt stehen: „Großer Gott, was ist denn hier passiert?"

Sie wartete gar nicht erst auf die Antwort, sondern schaltete blitzschnell und lief direkt wieder zum Büro zurück.

Nach einer Weile kam sie wieder: „Ich fahre in den Ort und rufe von dort den Notarzt an.“

Ich wollte ihr noch hinterherrufen, sie könne Marco direkt mitnehmen, als mir klar wurde, dass es ihm schaden könnte, wenn man ihn einfach so in einem Auto transportierte.

Als Marianne weg war, hörten bei Marco die Zuckungen auf. In der eintretenden Ruhe merkte ich, dass den italienischen Handwerkern langsam bewusst wurde, dass der Unfall durch Franks Ungeschick verursacht wurde. Ich gab Leandro ein Zeichen.

„Bleib bei Marco, bis Marianne wieder da ist.“

„Sì.“

Ich stand auf und drückte kurz Marcos Hand. Dann eilte ich die Treppe hinauf und packte den verdutzt dreinschauenden Frank bei der Schulter und führte ihn unsanft die Treppe hinunter nach hinten in Hans' Büro. Dort platzierte ich ihn auf einem der beiden Stühle und herrschte ihn an.

„Du dämlicher Trottel, siehst du, was du mit deiner elenden Sauferei angerichtet hast?“

Frank gab einen leisen Rülpser von sich.

„Hätte Marco seinen Kopf nur ein paar Zentimeter tiefer gehalten, hättest du ihm mit dem Ding den Schädel eingeschlagen!“ Rülpser Nummer zwei. „Du bleibst jetzt besser erst einmal hier drin sitzen, bis ich die Lage geklärt habe. Die kommen nämlich früher oder später drauf, dass es ihnen Spaß macht, dir die Fresse zu polieren“, fuhr ich barsch fort.

„Aber ich habe doch nur ...“ Mehr kam nicht aus seinem roten Gesicht.

Hans hatte es imponiert, wie ich die Situation geregelt hatte. Auch er hatte Frank noch einmal gehörig zusammengefaltet. Vor den Notärzten konnten wir die Ursache für den Unfall geheim halten, doch die Arbeiter würden keine Ruhe geben, ehe Frank nicht eine Abreibung erhalten hatte. Aber einfach entlassen konnten wir ihn auch nicht. Zum einen wurde er gebraucht, da wir nach einem sehr engen Zeitplan arbeiteten, zum anderen war er Teil einer gut eingespielten Truppe. Daher beschloss ich, auf der Baustelle einen Schichtdienst einzuführen, demzufolge die Elektriker erst spät am Nachmittag mit ihrer Arbeit im Haus begannen und dafür bis in den Abend hineinarbeiteten.

Zuerst wollte mir Richard, der Chefelektriker, noch widersprechen.

„Ihr könnt nicht von uns verlangen, dass wir abends noch Überstunden schieben", sagte er. „Unter diesen Bedingungen können und werden wir hier nicht weiterarbeiten!"

Ich hatte mit Widerspruch gerechnet und mir bereits eine Strategie überlegt.

„Was denkst du, werden die im Krankenhaus sagen, wenn herauskommt, dass Marcos Unfall nur geschehen konnte, weil einer deiner Leute wochenlang besoffen auf der Baustelle erschienen ist?"

Es dauerte einen Moment, bis der Elektriker mir antwortete.

„Nun gut. Ich denke, wir werden uns irgendwie arrangieren müssen", murmelte er leise. „Ich werde mit meinen Männern reden."

Mir lag ein weiterer bissiger Kommentar auf den Lippen, den ich jedoch zurückhielt. Stattdessen bedankte ich mich bei ihm für sein Entgegenkommen.

„Wir werden sehen, wie meine Männer diese Änderung auffassen." Er klopfte kurz auf den Tisch, stand auf und verließ das Büro. Somit kam es nur noch zur Mittagszeit zu einem Aufeinandertreffen der italienischen Handwerker und der deutschen Elektriker.

Aufgrund meines Erfolgs im Falle Marco und der Tatsache, dass meine Arbeiten als Maler und Tapezierer nicht mehr benötigt wurden, fragte Hans mich eines Tages, ob ich mich nicht lieber um die Planung der Bauarbeiten kümmern wollte. So kam es, dass ich in den letzten zehn Wochen auf der Baustelle nur noch von Raum zu Raum hetzte und mich bei den Arbeitern über den Fortschritt und die benötigten Materialien informierte.

Meistens arbeitete ich danach gemeinsam mit Hans in dessen Büro. Meine Aufgabe war es, einen Plan zu erstellen, dem die Arbeiter ihre Aufgaben entnehmen konnten. Oder ich bestellte die Baumaterialien. Am dritten Tag meiner neuen Tätigkeit klopfte Hans an meine Tür.

„Felix, ich möchte dir deine neue Arbeitskollegin vorstellen."

Er trat zur Seite und mein Blick fiel auf die Frau, die hinter ihm stand. Sie war etwa fünfzig Jahre alt und ich vermutete, dass sie sehr auf ihr Äußeres achtete. Ihre Haare waren streng nach hinten gekämmt und mit Klammern hochgesteckt. Aus der Brusttasche ihrer grünen Bluse ragte eine Lesebrille.

„Ihr Name ist Elsa Meiwald und sie wird meine Frau bei der Verwaltung des Hotels unterstützen. Sie wird sich zunächst um die Kalkulationen kümmern und dann im Verlaufe des nächsten Monats meiner Frau dabei helfen, die ersten Angestellten auszuwählen", stellte Hans sie mir vor.

Ich stand auf und reichte Elsa die Hand: „Willkommen an Bord."

Sofort, nachdem ich den Satz gesagt hatte, wurde ich mir bewusst, wie albern er klingen musste. Da Elsa bereits anfing leicht zu lächeln, schoss mir Röte ins Gesicht.

„Nun denn, ich freue mich auf jeden Fall auf die Zusammenarbeit."

„Das kann ich nur erwidern." Sie drückte meine Hand, die sie für den kurzen peinlichen Moment gehalten hatte. „Ich habe

bisher nur Positives über Sie und Ihr Planungsgeschick gehört."
Dieses Lob führte dazu, dass noch mehr Blut in mein Gesicht
floss und die Röte noch zunahm.

„Dann kann die Arbeit ja beginnen", löste Hans die peinliche
Situation Gott sei Dank auf. „Ich zeige Ihnen jetzt Ihr Büro."

Elsa und ich tranken wie jeden Morgen gemeinsam unseren
Kaffee. Wir besprachen gerade die Ereignisse der vergangenen
Tage und wollten eben in unsere Büros gehen, als ich stutzig
wurde. Aus der Eingangshalle war lautes Gerede zu hören.
Natürlich wurde auf einer Baustelle wie dieser, die einem so
knappen Zeitplan unterzogen war, viel geredet, doch hatte ich
mich inzwischen an die Art von Singsang gewöhnt, die die nor-
malen Baustellenunterhaltungen erzeugten. An diesem Morgen
vernahm ich allerdings unruhigere Gespräche.

Ich ging nach vorne in die Halle und steuerte direkt auf Mi-
chael, einen Vorarbeiter, zu und fragte: „Was ist los? Wieso ar-
beiten die Männer nicht?"

Michael zeigte auf eine leere Fläche in der Eingangshalle.
„Die Männer können nicht arbeiten, weil kein Material da ist.
Wir haben kein Holz zum Ausrichten der Wände, keine Gips-
platten und keinen Mörtel."

Irritiert blickte ich auf die freie Fläche. Ich zückte meinen
Terminkalender und schlug den heutigen Tag auf. Laut meiner
Eintragungen sollte heute eine Lieferung des Bauhofs ankom-
men. Ich wusste, dass der Terminplan extrem eng war. Dennoch
hatten die Arbeiter bisher immer genügend Materialien gehabt.

„Sagen Sie den Männern, sie sollen sich noch etwas gedulden.
Ich werde nachfragen, wo die Lieferung bleibt. Können Sie Ih-
ren Männern nicht eine andere Aufgabe geben?"

Michael murmelte etwas, drehte sich zu seinen Arbeitern um
und erklärte ihnen die Situation. Ich eilte in mein Büro und sah

noch einmal in meinem Terminkalender nach. Es gab keinen Zweifel: Die Lieferung hätte an diesem Morgen erfolgen sollen. Ich schnappte mir den Autoschlüssel und ging nach nebenan, um Elsa mitzuteilen, wo ich hinfahren wollte.

Danach ging ich nach draußen und stieg in Hans' Wagen, den ich mir jeden Morgen lieh. Mit überhöhter Geschwindigkeit fuhr ich nach Lübeck zur Baustofffirma, bei der wir all unsere Materialien orderten. Auf dem Hof angekommen, stieg ich aus dem Wagen, schloss ihn ab und ging, beinahe im Laufschritt, zu dem Büro, in dem ich vor einigen Tagen noch die letzten Bestellungen aufgegeben hatte.

„Guten Tag Herr Zorner, haben Sie einen kurzen Moment Zeit?"

„Guten Morgen Herr Mandel, Gott sei Dank sind Sie da. Ich habe schon den ganzen Morgen versucht, Sie zu erreichen. Sie fragen sich bestimmt schon, wo Ihre Lieferung geblieben ist."

Ich nickte.

„Nun, die gleiche Frage stellen wir uns bereits seit Wochen in Bezug auf unser Geld." Er musste an meinem Gesicht erkannt haben, dass ich sehr überrascht war. „Ihre Bank hat seit Wochen keine Überweisungen mehr getätigt."

„Das kann nicht sein, wir haben doch alles durchkalkuliert. Und auf dem Konto müsste auch noch genügend sein."

Zorner schüttelte den Kopf.

„Tut mir leid mein Junge, aber da ist nichts mehr. Und so lange wir kein Geld sehen, sehen Sie keine Baustoffe."

„Kann ich mal telefonieren?" Ich zeigte auf den Telefonapparat und Zorner schob ihn mir zu. Ich nahm den Hörer ab und wählte die Privatnummer von Hans.

Nach dreimaligem Tuten meldete er sich: „Hans Ewald. Wer spricht?"

„Hallo Hans, hier ist Felix. Ich bin beim Baustoffhof. Wir

werden nicht mehr beliefert, da angeblich kein Geld mehr fließt. Du hast doch versichert, dass das Konto stets gedeckt ist."

Erst nach einer kurzen Pause antwortete Hans: „Das ist unmöglich. Ich werde die Bank anrufen, dass sie den nötigen Betrag auf das Konto transferieren. Ich schicke dir inzwischen einen Scheck, damit du die ausstehenden Rechnungen so schnell wie möglich begleichen kannst."

Wir verabschiedeten uns und ich legte auf.

Zu Herrn Zorner sagte ich: „Herr Ewald wird die noch ausstehenden Rechnungen mit einem Scheck begleichen. Außerdem gibt er seiner Bank Bescheid, dass sie Ihnen das Geld überweist. Können Sie also bitte die Materialien zum Hotel liefern?"

Zorner hob abwehrend die Hände. „Tut mir leid Junge, aber so lange ich kein Geld habe, kann ich nicht liefern. Sobald der Scheck Ihres Chefs vorliegt, fährt der LKW los."

Mit diesem Versprechen musste ich mich notgedrungen zufriedengeben. Da es für mich nichts mehr zu tun gab, fuhr ich zurück zum Hotel.

„Hast du dich schon einmal gefragt, woher Herrn Ewalds Geld kommt?" Elsa sah mich fragend an.

Ich rührte nachdenklich in meinem Kaffee. Diese Frage hatte ich mir tatsächlich schon mehrfach gestellt.

„Er hat mehrere Konten im Ausland. Das Geld stammt wohl hauptsächlich aus den Einnahmen, die er durch den Verkauf seiner Exportfirma gemacht hat. Aber wie viel Geld er damals verdient hat, weiß ich nicht." Ich schwieg einen kurzen Moment. Da war noch etwas, was mich schon seit langem quälte. „Ich frage mich schon die ganze Zeit, wieso er so viele Konten im Ausland unterhält. Auf diesen Konten scheinen Unsummen zu liegen." Ich trank einen Schluck Kaffee. „Bisher hatte ich nur Einblicke in die Bücher des Hotels, aber immer, wenn ich Geld *brauchte, hat er welches überwiesen. Ich habe gestern noch einmal versucht alles zusammenzurechnen. Alles in allem hat ihn der ganze Spaß hier jetzt schon über drei Millionen Mark gekostet. Drei Millionen!"*

„Hast du vor, ihn zu fragen, woher das ganze Geld kommt?"

Auch diese Frage hatte mich schon bewegt. Ich hatte beschlossen, Hans erst nach Beendigung des Projekts danach zu fragen.

„Noch nicht", erwiderte ich. „Ich werde den richtigen Moment abwarten."

Ich gehe die Treppe hinauf. Dabei fährt meine Hand sanft, fast zärtlich, den alten hölzernen Handlauf entlang. Oben angekommen, gehe ich die Galerie entlang. Ich trete an das Geländer und sehe nach unten hinab in die Eingangshalle. Als ich mich umdrehe, fällt mir auf, dass an den Wänden keine Bilder mehr *hängen.* Nur noch kahle leere Stellen sind vorhanden und leichte Farbunterschiede auf der Tapete zeugen davon, dass hier einmal große Kunst gehangen hat. Am Ende der Galerie ist Zimmer 1. Hier habe ich vor acht Jahren eine halbe Nacht ausgeharrt. Ich werfe einen Blick in jedes Zimmer. Überall gibt es die gleichen Anzeichen des langsamen Verfalls: Risse in der Tapete, feuchte Stellen auf dem Teppichboden und kaputte Fensterscheiben. Als ich bei Zimmer 4 ankomme, beschließe ich, entgegen meines ursprünglichen Plans zunächst nach unten ins Büro zu gehen und den Tresor zu öffnen. Meine Neugierde ist zu groß. Ich gehe die Treppe hinab und betrete den Bereich hinter der Rezeption. Nach acht Jahren öffne ich das erste Mal wieder die Tür meines früheren Büros.

Ich weiß genau, wo sich der Tresor befindet. Wie von selbst steuere ich auf den Schrank zu und öffne ihn. Hinter einer Holzverkleidung befindet sich die Stahltür mit dem Zahlenschloss. Ich ziehe den Brief aus meiner Jackentasche und öffne ihn. Dann fassen meine Finger nach der Wählscheibe. Ich stelle den Code ein: 15 - 2 - 19 - 42

Kapitel 4 – Die Jagd

Als ich die Tür des Tresors öffne, fällt mir als Erstes ein brauner Umschlag ins Auge. Auf dem Umschlag steht nichts weiter als eine Jahreszahl: 1967. Sofort wird mein Puls schneller. Hinter dem Briefumschlag kommen zwei kleine grüne Bücher zum Vorschein. Auf beiden steht handgeschrieben „Manuskript – Mein Leben als Hotelier". Daneben liegen zwei Sparbücher. Ich reiche sie an Mia weiter. Dann blättere ich rasch die beiden kleinen Bücher durch. Jede einzelne Seite ist mit Hans' kleiner Schreibschrift beschrieben. Ich beschließe, mir die Aufzeichnungen später in der Pension vorzunehmen. Zuerst bin ich gespannt darauf, was ich in dem großen braunen Papierumschlag finden werde.

Meine Mutter und ich waren 1966 nach dem Tod meines Vaters in eine schönere Gegend gezogen, da wir uns aufgrund der Lebensversicherung, die mein Vater Gott sei Dank abgeschlossen hatte, nun eine größere Wohnung leisten konnten. Wahrscheinlich war der Umzug die Art meiner Mutter, mit ihrer Trauer umzugehen.

Wir waren in den Sommerferien umgezogen, so dass ich die erste Zeit in der neuen Wohnung darauf verwenden konnte, die neue Umgebung zu erkunden. Am deutlichsten habe ich die zwei Eisdielen und den kurzen Weg zum Freibad in Erinnerung, was wohl daran liegt, dass ich diese Dinge vor allem mit Mia verbinde.

Meine Mutter hatte sich von Anfang an darum bemüht, bei den Nachbarn beliebt oder wenigstens bekannt zu sein. Gleich am ersten Abend hatte sie bei dem kinderlosen Ehepaar geklin-

gelt, das im Nachbarhaus wohnte. Mir lief Hans erst am dritten Tag in der neuen Wohnung über den Weg.

Ich kam gerade von einem Besuch der Eisdiele wieder nachhause, als er mit seinem Wagen vor dem Haus einparkte. Er stieg aus dem Auto und sprach mich direkt an: „Hallo Junge, du bist doch der kleine Mandel."

Ich nickte und leckte an meinem Eis.

Er streckte mir die Hand entgegen. „Ich heiße Hans. Ich wohne gleich nebenan."

Ich nahm seine Hand und schüttelte sie. Er hatte einen festen Händedruck.

„Ich heiße Felix. Wir wohnen jetzt hier."

„Was treibst du so?" Hans sah mich fragend an. „Treibst du Sport oder liest du lieber? Gehst du gerne ins Kino?"

„Ich lese viel." Da ich wusste, dass er nachfragen würde, schob ich direkt nach: „Meistens lese ich Krimis. Manchmal auch Sachbücher. Ich interessiere mich sehr für andere Länder."

„Schön, wenn du mir ein gutes Buch empfehlen kannst, dann lass es mich wissen."

Ich überlegte kurz und – als mir nichts Besseres einfiel – sagte ich nur: „Dashiell Hammetts ‚Der dünne Mann' ist ein sehr guter Krimi. Wenn Sie wollen, leihe ich Ihnen das Buch einmal aus."

„Darauf komme ich gerne zurück, mein Junge."

So endete unsere erste Begegnung.

Einige Tage später klingelte es an unserer Haustür. Ich war gerade erst aufgestanden und lief noch in Unterwäsche durch die Wohnung. Ich zog mir schnell eine Hose und ein T-Shirt an und öffnete. Dort stand Hans. Er reichte mir seine Hand.

„Dich habe ich gesucht."

Bevor ich fragen konnte, was er von mir wollte, fragte er:

„Möchtest du dir ein wenig Geld verdienen? Ein paar Mark mehr könntest du gut in noch mehr Eis investieren."

Da ich nichts sagte, plapperte er einfach weiter. „Ich suche jemanden, der mir einmal in der Woche meinen Rasen mäht. Es sind zwar keine hundert Quadratmeter, aber ich bin zu eitel für diese Art von Arbeit und noch dazu zu beschäftigt." Er sah mich mit einem Lächeln im Gesicht an. „Hättest du Lust dazu?"

Ich überlegte nur kurz. Da ich noch niemanden in dieser Gegend kannte und ich einsame Besuche im Schwimmbad oder in der Eisdiele allmählich für doof befand, kam mir ein wenig Abwechslung gerade recht. Noch dazu, wenn sie bezahlt wurde.

„Gerne. Wie viel wären Sie denn bereit zu zahlen?"

Hans lächelte noch breiter. „Du bist ja ein richtiger Geschäftsmann. Sagen wir zwei Mark in der Woche. Und du kannst dir den Wochentag aussuchen."

„Okay. Dann samstags vormittags."

So kam es, dass ich im Alter von 15 Jahren einmal wöchentlich bei Hans Ewald den Rasen mähte. Ich ging einfach jeden Samstag in der Früh rüber, öffnete den kleinen Schuppen und holte den benzinbetriebenen Rasenmäher heraus. Diese Arbeit verrichtete ich auch noch, als die Schule schon längst wieder begonnen hatte.

Am vierten Samstag nach Beginn des Schuljahres kam ich etwas später dazu, den Rasen zu mähen. Ich hatte verschlafen und war noch nicht so ganz wach, als ich auf Herrn Ewalds Grundstück den Schuppen öffnete. Dadurch übersah das Mädchen, das im Gras auf der Wiese lag. Da ich nicht besonders leise zu Werke ging, bemerkte das Mädchen jedoch mich, stand auf und kam zu mir gelaufen.

„Du versuchst doch nicht etwa Onkel Hans' Rasenmäher zu stehlen, oder?" Ihre aggressive Haltung mir gegenüber schüchterte mich ein wenig ein.

„Was meinst du?" Ich machte ein dummes Gesicht.

Dann fiel mir auf, dass sie auf den Rasenmäher starrte, und mir wurde klar, für wen sie mich halten musste. „Oh nein, ich mähe hier nur einmal in der Woche den Rasen. Frag doch deinen Onkel!" Ich zeigte zur Haustür. „Da kommt er schon."

Hans kam durch den Garten auf uns zu. In seiner Hand hielt er die Zeitung, die er gerade aus dem Briefkasten geholt hatte.

„Da bist du ja, Felix. Ich dachte schon, du wärst krank." Er stellte sich zu uns. „Wie ich sehe, habt ihr euch schon kennengelernt."

Ich schüttelte leicht den Kopf.

Er lächelte und fuhr fort: „Dann mache ich euch mal einander bekannt. Das ist meine Nichte Mia und das ist mein überaus freundlicher Nachbar Felix."

Ich reichte Mia die Hand. „Wie schon gesagt, ich bin kein Dieb, ich bin nur der Junge, der den Rasenmäher bedient."

Seit unserem ersten Aufeinandertreffen sahen wir uns jetzt regelmäßig. Mia ging zwar auf eine andere Schule und war zudem ein Jahr jünger, doch sie wohnte ebenfalls in Lübeck und besuchte ihren Onkel und ihre Tante notgedrungen an jedem Wochenende. Ihr Vater hatte eine neue Arbeitsstelle und musste daher jede Woche von Freitag bis Sonntag nach Hamburg fahren. Da er seine Tochter nicht mitnehmen konnte, schickte er sie zu seiner Schwester.

Mia und ich gingen jedes Wochenende ins Kino oder ins Freibad. Als es Herbst wurde und das Freibad seine Tore schloss, machten wir Radtouren durch das Umland. Alles war herrlich unkompliziert, bis ich die Frage stellte, was ihr Vater an den Wochenenden in Hamburg täte. Sie gab mir keine Antwort und wurde mit einem Schlag zurückhaltender. Immer häufiger kam es vor, dass sie am Wochenende noch Hausaufgaben zu erle-

digen hatte oder lieber allein ein Buch lesen wollte. Langsam verlief sich das, was so unbeschwert begonnen hatte, im Sande.

Im Frühjahr 1967 nahm mich Hans eines Morgens zur Seite. Er sah mich mit einem verschwörerischen Blick an und fragte: „Felix, hast du Interesse, dein Gehalt auf zehn Mark aufzustocken?"

Natürlich hatte ich Interesse. Mehr Arbeit würde mehr Ablenkung von der Langeweile bedeuten, die herrschte, seit Mia und ich nur noch circa alle drei Wochen gemeinsam etwas unternahmen. Zwar traf ich mich ab und zu mit Tim aus der Schule, doch an den Wochenenden war ich meistens allein.

„Du müsstest auch fast nichts dafür tun", erklärte er mir. „Du musst nur dreimal am Tag eine gewisse Route durch die Stadt abgehen und nach drei Personen Ausschau halten. Und wenn du einen der drei Männer siehst, gibst du mir sofort Bescheid. Egal zu welcher Tageszeit."

Ich überlegte kurz und sagte dann zu. Die Sache schien mir interessant zu sein. „Darf ich fragen, wieso ich nach diesen Leuten Ausschau halten soll?"

Hans winkte ab. „Jetzt noch nicht. Jetzt noch nicht."

In dem Umschlag aus dem Tresor liegen ganz oben die drei Porträtzeichnungen, die mir Hans vor so langer Zeit gezeigt hatte. Auf der obersten Zeichnung steht Hans Thoman, den ich nie zu Gesicht bekommen habe. Auf der zweiten Zeichnung steht Martin Stolz. Ich erkenne sein Gesicht wieder, obwohl ich auch ihm nie begegnet bin.

Ich drehte also dreimal täglich meine Runde. Mal lief ich die vier Straßen in dieser Richtung, mal in jener Richtung ab. Manchmal verband ich meine Rundgänge mit Einkäufen oder einem

Gang zur Eisdiele. Ich sah mir alle Menschen und vor allem die Männer sehr genau an. Einmal glaubte ich, einen der drei Männer gesehen zu haben. Ich ging der Person nach, bis sie ein Geschäft betrat. Ich blieb vor dem Schaufenster stehen und warf immer wieder vorsichtige Blicke in das Ladeninnere. Doch je genauer ich hinsah, desto mehr fiel mir auf, dass der ältere Herr, der gerade ein Gespräch mit einem Verkäufer führte, zu keiner der Zeichnungen passte.

Ich wandte mich vom Schaufenster ab und vollendete die Runde, die für diesen Tag meine letzte sein sollte.

Als ich die dritte Zeichnung, über der der Name Siegfried Römer steht, betrachte, wird mir augenblicklich schwindelig. Es ist ein Gesicht, das ich niemals vergessen werde. Ich merke, wie sich kalter Schweiß auf meiner Stirn bildet.

Meine Mutter war krank geworden. Der Arzt hatte ihr wegen ihrer Lungenentzündung ein Antibiotikum verschrieben. Ich hatte sie mehrfach bedrängt, in ein Krankenhaus zu gehen, aber sie meinte, ich würde allein nicht zurechtkommen. Mir war sofort klar, dass es sich nur um einen Vorwand handelte und meine Mutter sich aus anderen Gründen weigerte, ein Krankenhaus aufzusuchen. Ich vermutete, sie scheute sich vor den zu hohen Arztkosten.

Auch meinen Vorschlag, Herr oder Frau Ewald könnten mehrmals am Tag nach mir sehen, lehnte sie ab. Sie gehörte eben der Generation an, die anderen Menschen nur ungern zur Last fiel.

So kam es, dass sie sich hustend und meist fiebrig durch den Tag schleppte, ich ihr jede Menge Tee kochte und sie immer wieder ermahnte, sie solle sich schlafen legen. Aber sie wollte nicht auf mich hören. Ihre Sturheit wurde mir zum Verhäng-

nis, denn wäre sie in ein Krankenhaus gegangen, wären die kommenden Ereignisse anders verlaufen. Das – und ich hätte meinen Freund Hans verloren.

Zwischen Hans und mir war mittlerweile eine Freundschaft entstanden, die dazu führte, dass ich nicht nur einmal in der Woche seinen Rasen mähte und dreimal am Tag eine Runde um den Block schlenderte, sondern oft auch abends gemeinsam mit ihm und seiner Frau Karten spielte. Samstags half ich Hans nach dem Rasenmähen bei allerlei Reparaturen ums Haus und polierte mit ihm gemeinsam seinen Wagen. Meine Mutter fand diese Beziehung anfangs sehr merkwürdig, doch mit der Zeit konnte sie damit leben. Wahrscheinlich dachte sie, ich hätte in Hans einen Ersatzvater gefunden. Möglicherweise war dem auch so.

An diesem Sonntagabend war ich nach dem Essen kurz zu Hans rübergegangen, um für meine Mutter ein Buch auszuleihen. Marianne gab mir das Buch und fragte besorgt nach dem gesundheitlichen Zustand meiner Mutter.

„Es wird nicht besser, aber sie möchte ja nicht auf mich hören und in ein Krankenhaus gehen. Morgen gehe ich mit ihr erneut zu unserem Hausarzt. Vielleicht kann der sie dazu überreden."

Marianne gab mir Genesungswünsche mit auf den Weg und ich eilte wieder in unser Haus zurück, da es leicht anfing zu regnen.

Was als Nieselregen begonnen hatte, entwickelte sich im Laufe des Abends zu einem wahren Wolkenbruch. Es blitzte und donnerte so rasch aufeinanderfolgend, dass ich schon befürchtete, der nächste Blitz würde in unser Haus einschlagen.

Gegen elf Uhr sah ich das letzte Mal nach meiner Mutter. Sie hatte nach mir gerufen und ich war direkt aus meinem Zimmer in ihr Schlafzimmer gegangen. Sie lag neben dem Bett. Allem Anschein nach war sie beim Versuch aufzustehen hingefallen. Sie schwitzte am ganzen Körper und atmete schwer.

„Es reicht, ich rufe sofort einen Notarzt. Du fährst heute noch in ein Krankenhaus." Meine Stimme hätte besorgt klingen sollen, doch sie klang erzürnt.

Ich ging zum Telefon und hob den Hörer ab. Es kam kein Freizeichen. Ich drückte mehrmals auf die Gabel. Es tat sich nichts. Ich legte wieder auf und ging ins Schlafzimmer zurück.

„Unser Telefon ist tot. Ich vermute, ein Blitz hat die Leitung zerstört. Ich gehe schnell rüber zu Hans. Vielleicht kann ich von dort aus den Notarzt rufen."

Ich hob meine Mutter zurück ins Bett und deckte sie zu. Dann rannte ich die Treppe nach unten, zog meine Regenjacke an und ging hinaus. Der Regen war so dicht, dass ich Mühe hatte, die Straße zu erkennen. Doch da ich die Strecke in den letzten Monaten regelmäßig zurückgelegt hatte, fanden meine Füße von allein ihren Weg.

Als ich an der Haustür von Hans und Marianne angekommen war, sah ich sofort, dass sie gewaltsam aufgebrochen worden war. Ich musste unwillkürlich an die drei Männer denken, vor denen ich Hans warnen sollte. Vorsichtig schob ich die Tür auf und sah mich im Haus um. Auf dem Fußboden sah ich nasse Fußabdrücke, die nach oben führten. Bevor ich den Fußspuren folgte, musste ich mich bewaffnen. Ich ging den Flur entlang nach hinten zur Kellertür und öffnete sie. Leise schlich ich die Kellertreppe nach unten. Am Fuß der Treppe stand Hans' Werkzeugkoffer. Ich öffnete ihn und nahm einen schweren Hammer heraus.

Mit dem Hammer in der Hand schlich ich wieder nach oben. Als ich den nassen Spuren die Treppe hinauf ins Obergeschoss folgte, vernahm ich leise Stimmen aus dem Schlafzimmer: „Du

hättest wohl nicht gedacht, dass wir uns noch einmal wieder-
sehen, Kamerad."

Das musste einer der Kerle sein. Ich sah auf den Fußboden,
um mich zu vergewissern, dass es tatsächlich nur die Fußspuren
einer einzelnen Person waren. Ich hatte es mit nur einem Geg-
ner zu tun. Je näher ich mich ans Schlafzimmer heranpirschte,
desto lauter wurde die Stimme.

„Jetzt geh auf die Knie du dreckiger Hund."

Ich linste durch den Türspalt. Hans kniete neben seiner Frau auf
dem Fußboden. Hinter ihm stand ein Mann in einem regennassen
Mantel. Der Mann hielt in seiner Hand eine altmodische Waffe,
die er auf Hans' Kopf gerichtet hatte. Ich hob den Hammer und
öffnete langsam die Tür. Als die Tür ganz geöffnet war, musste
der Kerl mich bemerkt haben, denn er drehte sich plötzlich um.
Dadurch zielte er mit der Waffe auf das Bett. Ich ließ den Hammer
nach unten fahren und traf genau die Stelle zwischen seinen Au-
gen. Ich hob den Hammer erneut und ließ ihn wieder nach unten
fahren. Diesmal traf ich seine Schläfe. Ich hieb noch dreimal auf
seinen Kopf, ehe er zu Boden sackte und leblos liegenblieb.

Hans und Marianne standen zitternd auf. Beide weinten, ich
war dazu nicht im Stande. Ich ließ den Hammer fallen und
sackte auf dem Boden zusammen. Beinahe wäre ich auf den
leblosen Körper des Mannes gefallen, der meinen Freund hin-
richten wollte.

Nachdem ich mich dreimal in die Toilette übergeben hatte und
der hässliche Geschmack nach Erbrochenem mit zwei Gläsern
Cola runtergespült war, fing ich langsam wieder an, meine Um-
gebung wahrzunehmen.

Während Marianne, noch immer schluchzend, wieder und
wieder fragte, ob es mir gut gehe, beschwor Hans mich, wir
müssten die Leiche beseitigen. Ich bekam davon nichts mit,

sondern starrte nur abwesend auf die mit grünen Blümchen verzierte Wand.

Schließlich rüttelte Hans mich unsanft an der Schulter: „Hast du mich verstanden, Felix? Wir müssen den Kerl von hier wegschaffen, sonst komme ich noch ins Gefängnis."

Draußen prasselte weiter der Regen. In meinem Kopf war jedoch alles taub. Ich bemerkte kaum, wie Hans mir auf die Backe schlug.

„Verdammt nochmal!", schrie er.

Nur vage nahm ich wahr, wie er nach unten ging und einen Augenblick später mit einem Glas Cognac wieder ins Zimmer kam. Ich probierte vorsichtig einen Schluck und musste augenblicklich einen Würgereiz unterdrücken. Aber der Ekel holte mich endgültig in die Realität zurück. Ich lehnte mich zurück und zählte meine Atemzüge.

„Geht es dir jetzt besser?", fragte Hans.

Ich nickte nur.

„Gut, denkst du, du kannst mir helfen, diesen Dreckskerl von hier fortzuschaffen?"

Wieder ein Nicken.

Ich schickte Marianne zu meiner Mutter und dann luden wir die Leiche in Hans' Wagen und fuhren sie raus ans Meer, wo wir sie versenkten. Währenddessen telefonierte Marianne mit dem Notarzt, der meine Mutter noch in derselben Nacht in ein Krankenhaus brachte. Hans versprach mir auf der Heimfahrt, niemandem etwas von der Geschichte zu erzählen, wenn ich darauf bestand. Ich dachte darüber nach. Sehr lange sogar, schließlich handelte es sich um einen Mord.

„Wenn wir dichthalten, wird niemals jemand etwas von dem erfahren, was heute Nacht passiert ist. Römer hatte – soweit ich weiß – keine Verwandten und Freunde hat so einer schon gar nicht."

Dessen war ich mir nicht so sicher. Schließlich waren es drei Männer gewesen, nach denen ich hatte Ausschau halten sollen. Und wer konnte schon garantieren, dass nicht eines Tages Nummer zwei oder Nummer drei bei Hans und Marianne aufkreuzten?

Wir beschlossen, kein weiteres Wort über die Angelegenheit zu verlieren, und Hans versprach mir, eines Tages zu erklären, wieso dieser Mann versucht hatte, ihn umzubringen. Er hat sein Versprechen bis heute nicht eingehalten.

Ich lege den Umschlag auf den Schreibtisch. All die Erinnerungen, die geweckt wurden, nehmen mir die Luft zum Atmen. Schließlich bekomme ich doch noch einen Satz heraus: „Erinnerst du dich noch an den Sommer, als wir jedes Wochenende zusammen im Kino waren?"

Teil 2 – Das Manuskript

Kapitel 1 – Der Koffer

Als Felix die Akte wieder zuklappt, rast sein Herz noch immer. Seine Gedanken kreisen um die Nacht vor siebzehn Jahren. Er beschließt, Mia nichts von der Akte zu erzählen, überhaupt niemanden von der Existenz dieser Akte zu erzählen. Er weiß, dass Mord nicht verjährt. Noch viele Monate nach dieser Nacht hatte er sich wieder und wieder ausgemalt, was passieren würde, wenn jemand Wind von der Sache bekäme. Aber dazu war es bisher nicht gekommen.

Felix nimmt die zwei Notizbücher, die ebenfalls im Tresor lagen, und legt sie so auf die Akte „1967", dass diese fast vollständig verdeckt wird. Er findet eine Plastiktüte, die nicht vermodert ist und legt die Tagebücher und die Akte hinein. Dann atmet er einmal tief durch. Er dreht sich um, um mit Mia zu reden, stellt jedoch fest, dass sie nicht mehr da ist. Also verlässt er das Büro und geht nach nebenan. Als er leise an den Türrahmen klopft, sieht Mia von dem Rechnungsbuch auf, in das sie sich vertieft hat. Sie fragt nur: „War etwas Interessantes in dem Umschlag?"

Felix fühlt sich schlecht dabei, ihr direkt ins Gesicht zu lügen. „Nein, nur unwichtiger Papierkram."

Er hofft, dass Mia nicht allzu gut darin ist, Gesichter zu lesen und so seine Lüge aufzudecken.

„Ich habe sie in dieser Tüte verstaut und werde sie heute Abend in der Pension lesen." Er deutet auf die Sparbücher und das Rechnungsbuch. „Gibt es hier noch etwas zu holen?"

Mia grinst ihn zunächst nur an, dann sagt sie mit einem Lächeln auf den Lippen: „Jede Menge."

Als sie wieder im Taxi sitzen, nimmt Felix eines der beiden Notizbücher aus der Tüte und blättert es durch. Hans hat offenbar versucht, die Geschichte seines Hotels aufzuschreiben. Die erste Notiz beginnt mit dem Vorabend der Eröffnungsfeier. Felix blättert weiter und überfliegt die Seiten. Einige Texte sind rot eingerahmt und mit einem dicken roten „F" oder einem Ausrufezeichen versehen. Andere Texte sind komplett gestrichen. Auf einigen Seiten kleben Blätter, die offensichtlich aus einem anderen Buch herausgerissen sind. Felix will gerade den ersten der hervorgehobenen Einträge lesen, als das Taxi die Adresse des Notars erreicht.

Erst spät am Abend kommen Felix und Mia vom Besuch bei Herrn Müller und einem Gespräch mit Hans' Bank zurück. Felix gibt vor, er sei zu müde, um noch gemeinsam etwas zu essen. Bei dieser zweiten Lüge Mia gegenüber, beschleicht sein Gewissen kein schlechtes Gefühl mehr. Zu stark ist die Neugierde auf den Inhalt der beiden Bücher.

Sie verabschieden sich voneinander und vereinbaren, in den folgenden Tagen jeden Morgen nach dem Frühstück raus zum Hotel zu fahren. Als er endlich allein in seinem Zimmer ist, gießt Felix sich ein Glas Wein ein und setzt sich mit dem ersten Notizbuch an den kleinen Tisch, der in seinem Zimmer steht. Die ersten Einträge enthalten viele Zahlen: Die Anzahl der Gäste, die Einnahmen und Ausgaben des Hotels und die Häufigkeit, mit der das Hotel in diversen Reiseführern erwähnt wird. Felix blättert schnell weiter, bis er auf die erste mit einem roten Ausrufezeichen versehene Seite stößt. Sie ist überschrieben mit „Die Sache mit dem Koffer".

Heute Morgen lag eine Nachricht des Nachtportiers Werner Hansen in meinem Postfach: „Gast Werner Riehm aus Zimmer 6 war letzte Nacht sehr aufgebracht, da man ihm angeblich den Koffer entwendet hatte."

Ich versah die Notiz mit einem Fragezeichen, da ich mich später um sie kümmern wollte. Vorher hatte ich jedoch noch Wichtigeres zu erledigen.

Erst am Nachmittag wagte ich es, Hansen anzurufen und mich nach dem entwendeten Koffer zu erkundigen. Auf meine Frage, wieso der Koffer nur angeblich verschwunden sei, antwortet Hansen:

„Herr Riehm kam gestern Nacht, kurz nach Mitternacht, völlig aufgebracht zu mir an die Rezeption und verlangte die Polizei. Auf mein Nachfragen hin erklärte er mir, man habe seinen Koffer aus seinem Zimmer gestohlen. Ich bot ihm an, mit nach oben zu kommen, um gemeinsam nach dem Koffer zu suchen. Da er nicht ablehnte, sondern nur verächtlich lachte, gingen wir zusammen nach oben. Herr Riehm schloss sein Zimmer auf und auf dem Bett lag sein Koffer. Er war von der Tür aus sogar im Halbdunkel gut zu sehen. Herr Riehm sagte noch in einem aufgebrachten Ton, er wolle unbedingt den Hoteleigentümer sprechen und verabschiedete sich – nachdem ich ihn auf den heutigen Tag vertröstet hatte – in die Nacht."

Mir war von Anfang an klar gewesen, dass der Gast sich getäuscht haben musste. Möglicherweise hatte er zu viel getrunken oder aber er litt einfach unter einer Sehschwäche. Dennoch wollte ich mich um besagten Gast kümmern. Zum einen, weil meine Neugierde bezüglich seiner Persönlichkeit geweckt worden war. Zum anderen, weil ich um den Ruf von HAUS MARIANNE fürchtete. Was würde passieren, wenn dieser verrückte Gast überall herumerzählte, sein Koffer sei gestohlen worden?

Ich wies also meinen Portier an, mir zu zeigen, um welchen Gast es sich handelte. Er saß im Restaurant an einem der Tische und nahm gerade seinen nachmittäglichen Kuchen zu sich. Ich ging an seinen Tisch und begrüßte ihn mit den Worten: „Guten Tag Herr Riehm, ich hoffe sehr, Sie konnten heute Nacht trotz der bedauerlichen Umstände des Verschwindens Ihres Koffers angenehm ruhen."

Herr Riehm schien sich noch immer nicht beruhigt zu haben. Er ließ seine Gabel scheppernd auf den Kuchenteller fallen und sah mich verächtlich an: „Ich kann nur hoffen, dass ich es mit dem Geschäftsführer dieses Hotels zu tun habe – oder hat man mich etwa doch nur an einen Angestellten verwiesen?"

Ich lächelte ihn an. „Ganz im Gegenteil. Mein Name ist Hans Ewald und ich bin tatsächlich der Besitzer dieses Hauses. Es ist mir ein besonderes Anliegen, dass sich all meine Gäste so wohl wie irgend möglich fühlen. Und wenn bei einem Gast ein Gepäckstück abhandenkommt – auch wenn es anschließend wiederauftaucht –, empfinde ich es als meine besondere Pflicht, für Aufklärung zu sorgen."

Meine Worte schienen bei Herrn Riehm Eindruck hinterlassen zu haben. Um Herrn Riehm endgültig zu beruhigen, bot ich ihm schließlich an, all seine Speisen und Getränke von der Rechnung zu streichen. Außerdem würde er ein neues, größeres Zimmer erhalten.

Doch irgendwie schien ihn mein großzügiges Angebot wieder skeptisch zu machen. Er beharrte darauf, sein Koffer sei gestohlen worden, wenn auch nur für eine sehr kurze Zeit und ein solches Verbrechen müsse von der Polizei überprüft werden. Das konnte ich natürlich nicht zulassen.

„Herr Riehm, Sie verstehen doch sicherlich, dass es die anderen Gäste beunruhigt, wenn das Zimmer eines Gastes von der Polizei untersucht wird", versuchte ich ihn zu beschwichti-

gen. Ich sah ihm an, dass er drauf und dran war, seine Stimme
zu erheben. Deshalb schob ich eilends nach: „Ich kann Ihnen
anbieten, dass ich den Sohn eines guten Bekannten kommen
lasse. Herr Seibel ist Kommissar bei der Polizei. Ich werde ihn
bitten, sich Ihr Zimmer in Zivil genauer anzusehen. Außerdem
werde ich mit seiner Hilfe Nachforschungen anstellen. Sie kön-
nen sicher sein, dass er dem Verschwinden Ihres Koffers auf
den Grund geht."

Dieses Angebot beruhigte Riehm vorläufig. Er versprach mir,
in den kommenden Tagen keinen Wirbel um die Sache zu ma-
chen und sich am Abend zusammen mit Manfred Seibel sein
Zimmer anzusehen. Ich verabschiedete mich fürs Erste, verließ
das Restaurant und ging zurück in mein Büro. Auf dem Weg
dorthin begegnete ich Elsa...

Felix fällt es wie Schuppen von den Augen. Er fragt sich,
wieso er noch nicht früher auf die Idee gekommen ist,
Elsa anzurufen. Sie muss wissen, was mit Hans passiert
ist. Felix greift zu Zettel und Stift und macht sich eine
Notiz für den kommenden Tag. Dann liest er weiter.

... begegnete ich Elsa. Sie war inzwischen gut darin, mir vom
Gesicht abzulesen, wenn etwas nicht stimmte. So verwunderte
es mich nicht, als sie mich fragte, was mich betrübte. Ich er-
klärte ihr kurz die Situation mit Gast Riehm und deutete an,
der Fall habe sich für mich schon fast erledigt.

Sie nickte jedoch nur nachdenklich und entgegnete: „Wenn
der Koffer wirklich für einen kurzen Zeitraum verschwunden
war, könnte es durchaus sein, dass einer der Angestellten oder
einer der anderen Gäste sich Zugang zu seinem Zimmer ver-
schafft hat und etwas in dem Koffer gesucht hat. Dabei wollte er
ungestört sein und hat ihn deshalb mit auf ein anderes Zimmer

genommen. Möglicherweise hat Herr Riehm das Verschwinden eines bestimmten Gegenstandes aus seinem Gepäck nur noch nicht bemerkt.“

„Du kannst einem Mut machen“, bemerkte ich. „Gerade hatte ich mich damit abgefunden, dass Herr Riehm sich in seiner Wahrnehmung geirrt hat, und schon kommst du daher und weckst die größten Zweifel.“

Ich erreichte mein Büro und wir traten beide ein. Ich schenkte mir einen kleinen Drink ein. Elsa lehnte dankend ab.

Ich nahm den Faden wieder auf: „Aber natürlich hast du recht. Wir sollten eine Aufstellung darüber machen, welches Personal im Zeitraum von zehn Uhr abends bis kurz nach Mitternacht anwesend war.“ Ich griff zum Telefonhörer. „Außerdem werde ich sofort Kommissar Seibel anrufen und ihn fragen, ob er sich die Angelegenheit heute Abend einmal ansehen kann.“

Elsa nickte. „Dann schaue ich mal im Dienstplan nach, wer vergangene Nacht vom Personal anwesend war.“ Sie verließ, ohne auf meine Antwort zu warten, den Raum und ging in ihr Büro nebenan.

Manfred Seibel war der Sohn eines alten Bekannten. Er war Kommissar auf einer Dienststelle in Lübeck und tatsächlich sicherte er mir zu, am Abend vorbeizuschauen. Wir vereinbarten einen Termin für sieben Uhr und verabschiedeten uns voneinander. Ich stand auf und ging wieder hinüber ins Restaurant. Werner Riehm saß immer noch auf seinem Platz. Ich bat ihn, sich am Abend für eine Besichtigung seines Zimmers bereitzuhalten. Außerdem wies ich ihn an, zu überprüfen, ob etwas aus seinem Gepäck abhandengekommen war.

Seibel kam am Abend. Wir begrüßten uns und gingen, nachdem ich mich nach dem Wohlergehen seines Vaters erkundigt hatte, gemeinsam nach oben ins zweite Obergeschoss zu Zimmer 6. Dort warteten wir, bis Elsa mit Gast Riehm nachkam. Erst dann schloss ich mit meinem Generalschlüssel die Tür auf. Das Zimmer war eines unserer kleineren Zimmer und enthielt nichts weiter als ein Bett, einen Stuhl mit einem Tischchen, einen Kleiderschrank und ein kleines Badezimmer. Es gab ein größeres Fenster im Zimmer und ein winziges Fenster im Badezimmer.

Manfred Seibel sah sich zunächst genau im Zimmer um. Er untersuchte die Fensterrahmen und auch die Glasscheiben der Fenster. Dann ging er zum Schrank und fragte Herrn Riehm höflich, ob er ihn öffnen dürfe. Riehm hatte nichts dagegen und so öffnete Seibel den Schrank. Er schob die zwei Jacketts zur Seite und nahm einen kleinen Koffer heraus. „Handelt es sich hierbei um den besagten Koffer, Herr Riehm?"

Ein Nicken.

„Würden Sie den Koffer bitte einmal exakt dort platzieren, wo Sie ihn gestern Abend gefunden haben?"

Riehm nahm den Koffer und legte ihn mittig auf das Bett. Seibel ging zurück zur Zimmertür und öffnete sie. Er ging nach draußen auf den Gang und kam wieder herein.

„Können Sie sich noch an die genaue Uhrzeit erinnern, als Sie das Verschwinden Ihres Koffers bemerkten?", führte Seibel die Befragung fort.

Riehm überlegte eine Weile. „Es war kurz nach Mitternacht. Ich hatte unten im Lesesaal noch einen Cognac getrunken und die Zeitung gelesen. Kurz nachdem die große Standuhr zwölfmal geschlagen hatte, bin ich nach oben gegangen."

Manfred nickte nachdenklich und drehte sich dann zu mir: „Könntest du bitte den Barkeeper fragen, ob er Herrn Riehms Angaben bestätigen kann?"

Ich gab die Bitte an Elsa weiter. Sie versprach, sich sofort darum zu kümmern, und ging nach unten.

Manfred hatte sich schon wieder an Riehm gewandt: „Und zu welcher Uhrzeit waren Sie dann mit dem Nachportier in Ihrem Zimmer?"

Riehm antwortete, ohne nachzudenken: „Nachdem ich festgestellt hatte, dass der Koffer gestohlen worden war, ging ich direkt hinunter zum Nachtportier. Herr Hansen war so freundlich, mich sofort nach oben zu begleiten. Wir erreichten mein Zimmer folglich gegen viertel nach zwölf."

Seibel nickte nur nachdenklich. „Also muss der Dieb den Koffer während Ihrer Abwesenheit entwendet und wieder zurückgebracht haben. Wann haben Sie den Koffer zuletzt gesehen?"

„Ich ging gegen elf Uhr nach unten, um mir einen Drink zu genehmigen. Zu diesem Zeitpunkt lag der Koffer noch auf meinem Bett. Ich hatte ja gerade erst mein Jackett herausgeholt."

„Das bedeutet, der Dieb hatte nur den Zeitraum zwischen elf Uhr und kurz nach Mitternacht, um an Ihr Gepäck zu kommen", hakte Manfred nach. Er ging erneut zum Fenster, öffnete es und sah hinaus. „Er dürfte jedoch kaum durch das Fenster hineingekommen sein, es sei denn, er ist ein sehr guter Kletterer und hat sich Zugang über eines der beiden Nachbarzimmer verschafft." Manfred wandte sich an mich: „Sind denn beide Zimmer belegt?"

Ich nickte.

Auf dem Gang hörten wir Schritte. Elsa öffnete die Tür. Sie hatte den Barkeeper Samuel Zieler dabei. Nachdem ich Manfred kurz erklärt hatte, wer Zieler war, fragte er: „Können Sie bestätigen, dass der Gast Herr Werner Riehm im Zeitraum zwischen elf und zwölf Uhr unten im Lesesaal saß und einen Cognac getrunken hat?"

Zieler war noch jung, konnte aber gut mit Gästen umgehen. Er schien für einen kurzen Moment widersprechen zu wollen, stimmte dem Kommissar dann aber zu. Manfred bedankte sich für die Auskunft und Zieler ging mit Elsa wieder nach …

Felix erwacht kurz nach Mitternacht. Das Tagebuch ist ihm aus der Hand gerutscht und liegt aufgeschlagen auf dem Fußboden. Felix' Stirn schmerzt, da er mit dem Kopf auf der harten Tischplatte eingeschlafen ist. Das Weinglas ist noch halb gefüllt. Felix gießt den Rest des Weines in das Waschbecken im Bad und putzt sich die Zähne. Anschließend legt er sich ins Bett und schlägt das Tagebuch erneut auf.

Manfred bedankte sich für die Auskunft und Zieler ging mit Elsa wieder nach unten. Ich bat Elsa, die Namen der Gäste aus den Zimmern 5 und 7 herauszusuchen.

„Vermutlich hat der Dieb mit dem Koffer Ihr Zimmer nicht verlassen. Was auch immer er gestohlen hat, muss also klein genug gewesen sein, um es unter der Jacke verborgen aus dem Zimmer zu bringen."

„Aber das ist das Seltsame, Herr Kommissar: Es fehlt nichts. Alle meine Kleidungsstücke, Papiere und Wertsachen sind nach wie vor im Koffer", erklärte Herr Riehm.

Ich fühlte, es wäre an der Zeit mich einzuschalten: „Herr Riehm, können wir nicht angesichts dessen, dass nichts entwendet wurde und der Herr Kommissar keinerlei Einbruchsspuren feststellen konnte, davon absehen, weiteres Aufsehen um das Verschwinden Ihres Koffers zu machen? Ich verspreche Ihnen selbstverständlich, dass wir noch alle Angestellten, die zu diesem Zeitpunkt im Hause waren, befragen werden. Außerdem werde ich persönlich die Gäste der beiden benachbarten Zimmer zu ihrem Aufenthalt während der vom Kommissar festgestellten Tatzeit befragen."

Da ich spürte, dass Herr Riehm mir gerade widersprechen wollte, fügte ich schnell noch hinzu: „Außerdem werden wir Ihren Aufenthalt natürlich kostenlos für Sie verlängern und weiterhin davon absehen, Ihnen Ihre Speisen und Getränke in Rechnung zu stellen."

Man sah *Riehm* förmlich an, dass er gerne widersprochen hätte, doch angesichts der von mir aufgezählten Punkte stimmte er meinem Angebot zu. Manfred und ich verabschiedeten *uns von Riehm und gingen nach unten in mein Büro. Dort wartete bereits Elsa, die einen detaillierten Schichtplan auf ein großes Blatt Papier gezeichnet hatte.*

„Ihr seid natürlich keineswegs aus dem Schneider", sagte Manfred und setzte sich auf einen der beiden mit Leder überzogenen Stühle und studierte den Schichtplan. „So wie ich die Sache sehe, kommt nur einer deiner Gäste oder ein Angestellter in Frage. Wahrscheinlicher ist leider letzteres."

„Aber das ist doch absurd. Wieso sollte einer meiner Angestellten in ein Zimmer einbrechen, einen Koffer entwenden und diesen dann anschließend wieder zurückbringen, ohne etwas zu stehlen?" Ich schenkte drei Gläser Cognac ein und reichte eines Manfred. „Außerdem müsste sich die betreffende Person einen Schlüssel genommen haben. Und diese werden alle entweder an der Rezeption oder in meinem Büro verwahrt."

Jetzt meldete sich Elsa zu Wort: „Außerdem hat der Gast Zielers Angaben zufolge, nicht nur ein Glas Cognac getrunken, sondern gleich vier. Das würde auch erklären, wieso er gestern Abend so aufgebracht war. Und möglicherweise erklärt es auch, wieso er den Koffer nicht gesehen hat."

Manfred schüttelte den Kopf: „Selbst nach vier Gläsern hätte er den Koffer noch sehen müssen. Ich bleibe dabei: Jemand war in seinem Zimmer und hat den Koffer entwendet. Da jedoch nichts gestohlen wurde, wird er wohl kaum Anzeige erstatten können." Er stellte sein Glas ab und wandte sich an mich: „Daher bleibt es dir überlassen, wie du mit der Situation umgehst. Ich empfehle dir auf jeden Fall, dein Personal zu überprüfen. Es wäre zu schade, wenn du ein faules Ei in deinem Korb hättest. Außerdem solltest du die Gäste der Nachbarzimmer befragen."

Elsa schüttelte den Kopf: „Wenigstens das bleibt uns erspart. Frau Rein ist 85 Jahre alt und Herr Schmidt hat einen Arm in Gips."

„Dann wisst ihr ja wenigstens, in welche Richtung ihr denken müsst. Ich empfehle mich jetzt."

Manfred Seibel stand auf und trank mit einem letzten Schluck sein Glas leer. Dann reichte er jedem von uns die Hand und verabschiedete sich. Ich brachte ihn noch vor die Tür.

„Bestell deinem Vater Johann liebe Grüße. Du weißt, dass dieses Haus deinen Vater und mich verbindet?"

Seibel nickte. Er setzte seinen Hut auf und ging die Treppe hinunter. Unten stieg er in seinen Wagen und fuhr zurück nach Lübeck.

Ich ging wieder zurück in mein Büro. Elsa war noch dort. Fragend sah sie mich an. „Denkst du wirklich, einer unserer Leute bestiehlt die Gäste?"

Ich schüttelte den Kopf. „Auch wenn wir diese Möglichkeit nicht ausschließen sollten, denke ich nicht, dass der Koffer sich jemals vom Bett bewegt hat."

Elsa ließ sich nicht beirren: „Laut dieses Plans waren zur besagten Zeit nur Zieler, Hansen und Frau Meier, die Küchenhilfe, anwesend."

„Zieler und Hansen kannst du von deiner Liste streichen. Beide hätten keine Gelegenheit gehabt, unbemerkt in das Zimmer zu gelangen und den Koffer zu entwenden. Somit bleibt als letzte Verdächtige – ich kann kaum glauben, dass ich das sage – Frau Meier übrig. Es wird deine Aufgabe sein, sie zu befragen."

Elsa nickte. „Das werde ich tun."

Natürlich hat Elsa bei der Befragung nichts herausbekommen. Herr Riehm hat Gott sei Dank auf eine Anzeige verzichtet. Ich habe das Zimmer nach seiner Abreise noch einmal gründlich untersucht, jedoch nichts Auffälliges festgestellt.

Für mich steht fest: ~~Herr Riehm war an jenem Abend so betrunken, dass er seinen Koffer nicht gesehen hat.~~

Der letzte Satz ist mit dem gleichen roten Stift durchgestrichen, mit dem auch die Ausrufezeichen auf die Seiten geschrieben wurden. Felix nimmt sich einen Stift und notiert sich in seinem Kalender: „Verbleib des Koffers? Sinn der Ausrufezeichen? Wofür steht der Buchstabe ‚F‘?"

Dann legt er das Buch zur Seite und schließt die Augen. Bevor er einschlafen kann, denkt er noch kurz, dass er sich eine Kamera kaufen muss, um Fotos von Zimmer 6 zu schießen. Dann denkt er: „Wieso hat Hans seinen letzten Satz durchgestrichen? Hat er möglicherweise doch festgestellt, dass der Koffer gestohlen wurde?"

Bevor ihm die Idee kommt, dass möglicherweise nicht Hans die roten Markierungen gesetzt hat, gleitet Felix in einen unruhigen Schlaf.

Kapitel 2 – Das Krankenzimmer

Während des gemeinsamen Frühstücks berichtet Mia von ihrem zweiten Besuch bei Notar Müller.

„Herr Müller hat mir noch einmal versichert, dass das Testament rechtsgültig ist."

Mia nimmt einen Bissen ihres Marmeladenbrötchens und nippt an ihrem Kaffee.

„Herr Müller konnte keine weiteren Verwandten meines Onkels ausfindig machen. Das kommt uns sehr zugute, da es die Abwicklung der Erbschaft stark beschleunigen dürfte."

Mia rührt etwas Milch in ihren Kaffee.

„Er hat mir außerdem etwas verraten, was dich brennend interessieren dürfte."

Wie, um ein kleines Kind noch länger auf die Folter zu spannen, verrührte Mia noch einen weiteren Schluck Milch in ihrem Kaffee.

„Die Konten meines Onkels sind prall gefüllt. Entweder hat er mit dem Hotel viel Geld verdient, oder er hatte noch von früher ein echtes Vermögen auf der Bank."

Felix muss Mia geradezu in ihrem Redefluss unterbrechen: „Weißt du, worüber ich mir gestern Abend noch Gedanken gemacht habe?"

Mia sieht ihn nur erwartungsvoll an, also redet er einfach weiter: „Es gibt zwei Dinge, die ich zu gern wüsste. Erstens: Was wurde aus Elsa? Sie war eine Angestellte deines Onkels und hat zusammen mit mir damals dafür gesorgt, dass deinem Onkel nicht alles auf die Füße fällt. Ich bin mir sicher, sie hat auch noch später für ihn gearbeitet."

„Wir könnten nachher im Hotel nachsehen, ob es irgendwo eine Telefonnummer oder eine Adresse von ihr gibt. Dann kann ich sie heute Abend noch anrufen."

Felix nickt nur stumm.

Mia sieht ihn fragend an. „Was beschäftigt dich?"

Felix öffnet den Mund, sagt jedoch zunächst nichts. Erst nach einem Moment des Schweigens, der sich mehr und mehr dehnt, bis die Stille für Mia fast unerträglich wird, beginnt er zu reden: „Ich werfe mir immer noch vor, ich hätte ihn damals nicht allein lassen dürfen."

Mia antwortet nicht, sondern legt nur sanft ihre Hand auf Felix' Arm.

Felix schluckt einmal, dann sagt er: „Wir sollten jetzt losgehen, sonst fehlt uns nachher die Zeit."

Als sich Mia und Felix später in der Lobby treffen, ist es Mia, die den Faden wieder aufnimmt. „Du hast eben gesagt, dass dich zwei Sachen brennend interessieren. Was ist das Zweite?"

Felix ist nicht direkt klar, wovon Mia redet, also sieht er sie nur fragend an.

„Du hast über diese Elsa nachgedacht und über noch etwas. Erzählst du mir, was dich noch so umgetrieben hat?"

Felix räuspert sich und wird leicht rot. „Natürlich." Er geht zur Tür und hält sie für Mia auf. „Hast du jemals die Polizeiakte gesehen?"

Mia lächelt ihm dankend zu, als sie ins Freie tritt und nickt.

„Weißt du noch, was drin stand, oder meinst du, es wäre möglich, eine Kopie der Akte zu erhalten?"

„So genau erinnere ich mich natürlich nicht mehr an

den Inhalt", erwidert Mia. „Aber ich könnte heute Nachmittag bei der Polizei nachfragen."

„Das wäre gut."

Mehr sagt Felix nicht, denn vorn an der Straßenecke sieht er schon das Taxi nahen. Felix ist, seit er in den frühen Morgenstunden aus einem unruhigen Schlaf aufgewacht ist, immer wieder den vor ihm liegenden Tag durchgegangen. Vor allem hat er sich Gedanken über das Manuskript gemacht. Für ihn steht fest, dass die roten Markierungen erst im Nachhinein hinzugefügt wurden. Außerdem ist er davon überzeugt, dass der Buchstabe „F" für Felix steht und Hans ihm dadurch mitteilen möchte, dass die Notizen für ihn bestimmt sind. Dafür würden auch der Brief und die Tresorkombination sprechen, die beide dem Testament beilagen und explizit an ihn adressiert waren.

Zudem beschäftigt Felix die Frage, wieso Hans sein Testament so kurz vor seinem Tod verfasst hat. Wusste er möglicherweise, dass er sterben würde? War sein Tod vielleicht sogar geplant? Felix kann sich nicht vorstellen, dass sein Freund den Freitod gewählt hat. Also überlegt er, seit er heute in der Früh aufgewacht ist, welche andere Erklärung es geben könnte. Ohne Erfolg.

Jetzt steigt er mit Mia in das Taxi, das sie hinaus nach Brodten bringen soll. Bevor sie Lübeck verlassen, halten sie jedoch noch einmal an einem Geschäft für Fotografiebedarf an. Dort kauft Felix eine Polaroidkamera, weil er Aufnahmen in allen Räumen des Hotels machen möchte. Er nimmt gleich mehrere Filme auf einmal mit.

Mia hat sich vorgenommen, die Büroräume weiter zu durchforsten. Felix, der den ersten Teil des Manuskripts in seiner Jacketttasche verstaut hat, geht mit seiner Polaroidkamera ausgestattet hinauf ins zweite Obergeschoss. Er geht durch den kleinen schmalen Flur zur Zimmertür von Zimmer 6. Die Tür ist zwar abgeschlossen, aber sein Schlüssel passt auch in dieses Schloss.

Felix betritt den Raum, der in seiner Vorstellung, die nur auf Hans' Schilderungen in seiner detaillierten Aufzeichnung basieren, etwas größer ist. Das Bett, auf dem vor so vielen Jahren ein Koffer gelegen beziehungsweise nicht gelegen hat, ist schmaler, als er gedacht hat. Im ganzen Raumen liegt ein leicht säuerlicher Geruch. Felix geht nach hinten in das kleine Badezimmer. Das Fenster ist exakt so groß, wie er es sich gedacht hat. Manfred Seibel hatte recht, als er behauptete, auf diesem Wege hätte der Dieb das Zimmer nicht betreten oder verlassen können.

Felix macht ein Foto nach dem anderen. Von der Einrichtung, von den Spuren des Verfalls, von der Tür. Er versucht auch Werner Riehms Blickwinkel einzufangen, den dieser vor so langer Zeit hatte, als er auf dem Bett die leere Stelle sah. Felix legt das ramponierte Kopfkissen als Platzhalter für den Koffer auf das Bett und überzeugt sich davon, dass man es auf keinen Fall von der Tür aus übersehen könnte. Dann verlässt er das Zimmer, geht nach unten in die Lounge und setzt sich auf den einzigen Stuhl, der noch nicht vom Schimmel überzogen ist. Er legt die Kamera zur Seite und holt das Manuskript aus seinem Jackett. Er blättert durch die Seiten, bis er schließlich wieder auf einen Eintrag mit einem roten Ausrufezeichen und einem großen „F" stößt. Wie er auf den ersten Blick erkennt, besteht dieser Abschnitt teilweise aus Tagebucheinträgen und teilweise aus nachträglich aufgeschriebenen Notizen.

Ich fühle mich schrecklich. So, wie sich ein kleiner Junge fühlt, wenn er von seinem Vater bestraft wird. So wie sich ein Dieb oder ein Mörder fühlen muss, wenn er überführt wird. Dabei fing alles so fantastisch an. Und schon beim Schreiben dieses Satzes schäme ich mich wieder zutiefst. Ich habe Marianne hintergangen, die doch immer noch meine Frau ist, auch wenn sie nun schon seit über sechs Jahren tot ist. Der Spruch des Pfarrers „... bis das der Tod euch scheide ...“ ist eine Lüge. Diese Bindung hält über den Tod hinaus.

Seit etwa einem Monat lebt eine Frau in meinem Hotel. Sophie Weidner ist Buchautorin. Sie sagt, sie braucht die Zeit am Meer, um sich für neue Aufgaben vorzubereiten. Sie hat mir abends oft erzählt, wie leer und ausgelaugt sie sich fühlt, nachdem sie ein Manuskript vollendet hat. Ihr letztes Buch liegt jetzt schon zwei Jahre zurück. Vor einem halben Jahr hat sie ihr letztes Manuskript bei ihrem Verlag eingereicht.

„Früher hätte ich direkt wieder angefangen, an einem neuen Buch zu schreiben. Ich habe während meiner Hochphasen drei Bücher gleichzeitig bearbeitet. Eines konzipiert, eines geschrieben und eines überarbeitet. Und dann habe ich parallel dazu noch ebenso viele Bücher gelesen. Aber mit der Zeit verlassen einen die Kräfte. Man hat nicht mehr so viel Energie. Mittlerweile grüble ich viel mehr über das, was ich schreiben möchte. Das bremst mich aus. Und in solchen Fällen fällt es mir umso schwerer, wieder in den Tritt zu kommen.“

Seit ich sie das erste Mal angesprochen habe, haben wir jede Woche mindestens zweimal gemeinsam zu Abend gegessen oder einen ausgedehnten Spaziergang am Strand unternommen.

Felix erinnert sich daran, wie er einmal als junger Mann gedacht hat, Hans und Marianne seien wie aneinandergeschweißt. Er kann sich bildlich vorstellen, wie schwer es seinem Freund gefallen sein muss, sich auf eine andere Frau einzulassen. Schließlich hat er miterlebt, wie Hans unter der Krankheit seiner Frau gelitten hat und wie diese Krankheit ihn vor ihrer aller Augen gebrochen hat.

Elsa hat mir gesagt, dass es sie freut, dass ich mich endlich wieder auf eine Frau einlasse. Ich habe sie ein bisschen harsch darauf hingewiesen, dass ich keine neue Beziehung anstrebe, da ich mich immer noch meiner Frau verbunden fühle. Ich glaube, sie hat meine Reaktion richtig gedeutet und mir direkt angesehen, dass es mir leid tat. Sie kennt mich inzwischen zu gut.

Letzte Nacht hat mich nun das Schicksal – oder Gott – gestraft. Sophie und ich haben unten in der Bar eine Flasche Wein geleert und viel gelacht. Wann habe ich das letzte Mal so sehr gelacht? All der Druck, der durch die Leitung dieses Hotels und den Umgang mit Mariannes Tod auf mir lastet, schien mit einem Mal abgefallen zu sein. Es hat gut getan für diesen Moment. Auch die *leichten Berührungen taten gut. Sie schienen zufällig zu erfolgen, aber ich glaube, wir haben beide versucht, sie zu provozieren.*

All das führte letztlich dazu, dass ich uns noch eine weitere Flasche Rotwein aus der Küche holte und wir betrunken – wie wir waren – hinaufgingen in ihr Zimmer. Zimmer 8 liegt im zweiten Obergeschoss und ist das größte Zimmer dieses Hotels. Und es hat etwas Schreckliches in mir ausgelöst. Vielleicht war es doch nicht so klug, gerade dieses Haus zu kaufen und zu einem Hotel umzubauen. Vielleicht war es die Vergangenheit, die mich gnadenlos eingeholt hat, oder es war mein schlechtes Gewissen Marianne gegenüber?

Da Sophie ihren Schlüssel nicht finden konnte, öffnete ich die Tür mit meinem Generalschlüssel. Als ich Sophie die Tür öffnen wollte, kam es zum Kuss, auf den wir schon den ganzen

Abend, wenn nicht sogar die vergangenen Wochen, hingear-
beitet hatten. Ich schob sie sanft ins Zimmer und zog die Tür
hinter mir zu.

Alles war schön und schrecklich.

Ich roch den Brand sofort. Ich wollte den Kuss beenden, um
nach der Brandursache zu schauen, aber Sophie hielt mich wei-
ter fest. Der Wind pfiff durch die zersprungenen Fenster und
dann hörte ich auf einmal so deutlich, als wäre es die Realität,
die Schreie meines Kameraden Johann.

Felix steht auf und geht mit dem Manuskript in der Hand
wieder nach oben. Diesmal schließt er Zimmer 8 auf. Er
betritt den Raum und sieht sich um. Da Hans in seinem
Tagebuch bisher nur ein paar zersprungene Fenster erwähnt hat, weiß Felix nicht, worauf er sich bei der Inspi-
zierung des Zimmers besonders konzentrieren soll.

„MAMA!" Johann schrie laut und deutlich nach seiner Mutter.
Ich konnte ihn hören. Seine Stimme kam von draußen. Nein,
von unten. Aus dem Zimmer unter uns. Ruckartig drehte ich
mich um und verließ das Zimmer. Draußen auf dem Flur gaben
meine Beine nach. Ich sank auf dem Boden zusammen und
fange an zu weinen. Ohne jegliche Kontrolle. Sophie kam eben-
falls auf den Flur geeilt. Sie sah verstört aus. Aus ihrem Zimmer
konnte ich immer noch meinen Kameraden nach seiner Mutter
rufen hören. Dann fiel die Tür ins Schloss.

Stille.

„Hans, was hast du?"

Sophie ging in die Hocke. Ihre Bewegungen sind aufgrund
des Alkohols recht ungeschickt. Sie fasste mich am Kinn und
hob meinen Kopf sanft an – wie es eine Mutter bei ihrem Kind
tut.

„Ich wollte dich nicht verletzen." Sie sah mir in die vor Tränen verquollenen Augen.

„Und ich wollte dich auch zu nichts drängen. Ich weiß doch, dass du immer noch nicht über deine Frau hinweg bist."

Ich hätte den Kopf schütteln können, da dies nicht der wahre Grund für meine Reaktion gewesen ist. Aber ich nickte nur langsam. Ich wollte ihr erklären, dass meine panische Flucht nichts mit ihr zu tun hatte, aber ich bekam keinen Ton heraus.

Sophie half mir auf.

„Du kannst in diesem Zustand auf keinen Fall mit deinem Wagen nachhause fahren. Du musst die Nacht im Hotel verbringen." Sie machte eine Pause. „Aber ich denke, du wirst sie allein verbringen wollen."

Ich nickte stumm.

Ich musste jetzt allein sein, um das zu verarbeiten, was ich vor wenigen Minuten oder vor vielen Jahren erlebt hatte.

„Ich komme schon zurecht." Ich versuchte, mich ohne ihre Hilfe aufzurichten. Es funktionierte.

„Ich werde einfach in meinem Büro schlafen."

Da ich noch etwas wackelig auf den Beinen war, griff ich wieder nach ihrer Hand: „Ich wäre dir sehr dankbar, wenn du mir die Zeit geben würdest, in Ruhe über alles nachzudenken. Ich muss zunächst meine Gedanken sortieren, ehe ich dir erklären kann, was heute Abend passiert ist."

Diesmal nickte Sophie. Sie brachte mich noch hinunter in mein Büro. Dann ging sie allein wieder nach oben. Ich saß allein an meinem Schreibtisch. Vor mir stand ein Glas mit Wasser. In meinem Kopf kreiste nur eine Frage: „Wieso hat sie nichts gerochen?"

Je länger ich das Wasserglas anstarrte, desto lauter wurde eine zweite Frage, die sich in meinem Kopf einnistete: „Bin ich verrückt?"

Ich hatte den Rauch und den Qualm so deutlich gerochen wie vor 40 Jahren, als das Feuer in der Küche ausbrach. Ich hatte die Schreie meines Kameraden Johann so deutlich gehört wie vor 40 Jahren, als man ihm das linke Bein abnahm. Ich hatte den Luftzug durch die zerstörten Fenster so deutlich gespürt wie vor 40 Jahren, als ich jede Nacht fast am Erfrieren war, da keine Zeit war, das Haus in Schuss zu halten.

Wir waren in Schlesien stationiert, um die ordnungsgemäße Produktion mehrerer Fabriken zu überwachen. Die Polnische Gesellschaft – wer könnte es ihr verdenken – hasste uns Deutsche immer noch, wie der Führer die Juden. Johann Seibel und ich waren beide im selben militärischen Zug gewesen und hatten, wie das Schicksal es wollte, zur gleichen Zeit Wachdienst vor den Toren einer Lagerhalle. Wir hatten schon öfters gemeinsam Dienst geschoben und so war er für uns zu einer gewissen Routine geworden. Diese Routine sollte in jener Nacht zerstört werden.

Ich kann mich aufgrund einer Schädelverletzung, die ich damals davontrug, an nichts mehr erinnern. Wie mir berichtet wurde, waren Johann und ich während eines Anschlags der Armia Krajowa nur knapp dem Tod entronnen. Der Preis für unser Überleben war jedoch hoch: Mir fehlte jegliche Erinnerung und es war zu diesem Zeitpunkt noch nicht klar, ob ich je wieder würde reden können. Johann büßte sein linkes Bein ein.

Die nächste Erinnerung, die ich habe, ist, dass ich mit Johann und einem weiteren verwundeten Kameraden in einem alten Laster quer durch Polen und das Deutsche Reich kutschiert wurde. Den Namen des zweiten Kameraden weiß ich heute nicht mehr. Er wurde unterwegs abgeladen, da er auf der Fahrt verstarb.

Johanns Bein sah mittlerweile sehr schlimm aus. An einer

Stelle, an der der Verband verrutscht war, konnte man erken-
nen, dass das Gewebe schon begonnen hatte, abzusterben. Die
blutige Wunde war ausgefranst und vom Notarzt nur notdürf-
tig verbunden worden. Die eigentliche Operation – mir war
klar, dass es eine Amputation werden würde – sollte in einem
Krankenhaus nahe Lübeck stattfinden.

Für Johann war der Krieg damit beendet. Dass er für mich
auch beendet sein würde, davon ging ich aus. Schließlich
brachte ich nach wie vor keinen einzigen Ton heraus.

Wir erreichten das Krankenhaus in den frühen Morgen-
stunden. Johann wurde in ein Zimmer im ersten Stockwerk
gebracht. Ich teilte mir das Zimmer obendrüber mit vier ande-
ren Patienten. In dem Zimmer war es zugig, da viele der Fenster
kaputt waren. Da ich nicht reden konnte, lag ich die meiste Zeit
in meinem Bett und hielt meine Augen geschlossen. Auf diese
Weise konnte ich vieles von dem, was um mich herum geschah,
aufschnappen, ohne dass mich jemand angesprochen hätte.

Die Kameraden, die links neben mir ihre Betten hatten, hie-
ßen Siegfried Römer und Hans Thoman.

Felix hält den Atem an. Er denkt an die Akte „1967" und
an die Bilder, die Hans ihm vor fast 20 Jahren gezeigt hat.
Römer und Thoman. Der Hammer, das Blut, die Leiche.

Am zweiten Tag vernahm ich die Schreie meines Freundes
Johann. Er schrie nach seiner Mutter. Das tun alle Soldaten,
wenn sie sterben. Ich betete für sein Leben. Mit Erfolg. Am
dritten Tag entnahm ich einem Gesprächsfetzen, dass es Johann
gut ging. „Dem Seibel haben sie gestern den Fuß abgesäbelt. Er
hat geschrien wie ein kleines Mädchen. Aber er wird die Sache
überstehen." Der Mann, der das gesagt hatte, bemerkte, dass
ich ihm aufmerksam zugehört hatte. „Du hast richtig gehört:

Deinem Freund geht es gut. Aber du machst mir Sorgen, mein Kleiner.“ Der Mann ging auf mein Bett zu. „Gestatten, Martin Stolz ist der Name. Ich leite diese kleine Pension.“

Wieder verkrampft sich Felix' Magen. Römer, Thoman und Stolz. Es kann kein Zufall sein, dass Hans gerade dieses Haus gekauft hat. Wenigstens weiß Felix jetzt, dass Martin Stolz offensichtlich der Leiter eines Krankenhauses war – oder wenigstens der Besitzer des Hauses.

„Ich habe diese Bude vor ein paar Jahren einer Judenfamilie abgekauft. Seitdem dient das Gebäude einem guten Zweck.“

Ich sah ihn fragend an.

„Es ist ein Krankenhaus, du Schwachkopf.“ Stolz lachte.

Ich schüttelte den Kopf und öffnete meinen Mund, ohne dass ich auch nur ein Wort aussprechen konnte.

„Du willst wissen, wann du wieder reden kannst? Nach meinem Kenntnisstand kommst du, sobald dein Freund wieder einigermaßen zusammengeflickt ist, nach Lübeck auf eine spezielle Heilstation. Dort kümmert man sich um Fälle wie dich. Wenn die dort ihre Arbeit richtig machen, kannst du in einem halben Jahr wieder Goethes Faust zitieren.“

Er lachte wieder. Dieses gewinnende Lachen, diese Falle.

All diese Erinnerungen kamen in mir zu neuem Leben. Je länger ich über all das nachdachte, je länger ich das Wasserglas vor mir anstarrte, umso mehr kam ich zu dem Schluss, dass es die Erinnerung an Marianne war, die mich all das erneut durchleben ließ.

Ich weiß nicht, wie lange ich gestern noch an meinem Schreibtisch gesessen und das mittlerweile leere Glas angestarrt hatte.

Heute Morgen ging ich in aller Früh nach draußen und spazierte den Strand entlang. Nach zwei Stunden der Stille, in denen ich nichts weiter als das Rauschen der Wellen vernommen hatte, ging ich zurück zum Hotel.

Da dort gerade die Frühstückszeit angebrochen war, ging ich in mein Büro und nahm den Generalschlüssel vom Schreibtisch. Mit laut pochendem Herzen machte ich mich auf den Weg nach oben zu Sophies Zimmer. Meine Schläfen pulsierten, als ich vor ihrer Tür stehen blieb und die Hand hob. Ich klopfte leise dreimal an die Tür. Da ich keine Rückmeldung erhielt, schloss ich die Tür auf und betrat ihr Zimmer.

Es lag kein Brandgeruch in der Luft. Niemand schrie. Alle Fenster waren intakt. Ich stieß die Luft aus, die ich vor Anspannung angehalten hatte. Dann ging ich langsam durch das Zimmer. Als ich am Fenster anlangte, durch das ich gestern Nacht geglaubt hatte, meinen Freund schreien zu hören, wurde die Badezimmertür geöffnet. Sophie kam heraus. Sie lächelte mich an und umarmte mich.

Am Abend saß ich noch lange am Schreibtisch und überlegte immer wieder, ob alles nur Einbildung gewesen war. Es musste eine Halluzination gewesen sein. Aber es war zu real. Nur erscheinen Halluzinationen oft real.

~~Letztlich kam ich zu dem Schluss, dass mir meine Erinnerung einen Streich gespielt hatte, angetrieben von meinem schlechten Gewissen.~~

Kapitel 3 – Untersuchungen

Felix klappt das Buch zu. Er sieht sich im Zimmer etwas genauer um. Mittlerweile sind tatsächlich einige der Fensterscheiben kaputt. An einer Stelle neben der Tür zum Badezimmer entdeckt er einen kleinen bräunlichen Fleck an der Wand. Aber schon von weitem kann er erkennen, dass es sich nicht um einen Brandfleck handelt, sondern viel eher um eine feuchte Stelle, die aufgrund der defekten Wasserleitung entstanden ist. Er nimmt seine Polaroid und schießt einige Fotos. Die fertigen Bilder legt er behutsam in das Notizbuch. Dann verlässt er den Raum und geht die große Treppe nach unten. Am Ende der Galerie befindet sich die Tür zu Zimmer 2. Felix holt den Schlüssel aus seiner Jacketttasche und öffnet die Tür.

Das Zimmer ist kleiner als das darüberliegende. Von der Raumaufteilung ähnelt es Zimmer 6, in dem er am Vormittag bereits einige Fotos aufgenommen hat. Er geht ans Fenster und öffnet es. Vorsichtig lehnt er sich hinaus und blickt nach oben. Dort sieht er die beiden großen, teilweise zerstörten Fenster von Zimmer 8. Er denkt, dass es möglich ist, die Schreie einer Person aus Zimmer 2 zu hören, wenn man sich im Zimmer darüber befindet.

In dem Moment, in dem er diesen Gedanken formuliert, wird ihm klar, dass er in die falsche Richtung denkt. Hans muss sich diesen Schrei und den Brandgeruch eingebildet haben. Alles andere wäre absurd. Allem Anschein nach haben ihn der Tod seiner Frau und die früheren Erlebnisse in diesem Haus mehr mitgenommen, als er sich eingestehen konnte. Felix beschließt, am Abend mit Mia darüber zu reden. Und er beschließt, Mia zu fragen, ob sie etwas von einer Beziehung ihres Onkels zu einer gewissen Sophie Weidner weiß.

Felix schließt das Fenster und verlässt den Raum, um wieder nach unten in die Lounge zu gehen. Er muss wissen, was sich hinter den anderen rot markierten Einträgen verbirgt.

Beim Blättern durch das erste Buch fällt Felix auf, dass keine weiteren Seiten mit einem roten Ausrufezeichen markiert sind. Aber beim Überfliegen der weiteren Einträge wird ihm klar, wieso Hans keine Beziehung zu Sophie Weidner hatte.

Nach dem Vorfall in der Nacht, in der Hans durch seine Einbildung davon abgehalten wurde, sich auf Sophie einzulassen, hat er sich bewusst von ihr distanziert. Immer wieder schreibt er von seinen Schuldgefühlen seiner verstorbenen Frau gegenüber. Sophie hat das Hotel nach einem weiteren Monat verlassen und wird seitdem nur noch selten erwähnt. Hans hat sich offenbar mit der Frage gequält, ob sie geblieben wäre, wenn er sich nur hätte überwinden können. Mindestens einmal hat er ihr einen Brief geschrieben, darauf jedoch nie eine Antwort erhalten.

Als Felix am Ende des ersten Buchs angekommen ist, hat er ein ungefähres Bild davon, was mit Hans passiert ist. Aber er weiß noch immer nicht, wieso einige der Einträge nachträglich verändert oder hervorgehoben wurden. Er klappt das Manuskript zu und schiebt es wieder in seine Tasche. Dann sieht er auf die Uhr. Es ist bereits spät am Nachmittag. Da das Telefon immer noch nicht funktioniert, haben sie den Taxifahrer gebeten, um fünf Uhr am Hotel zu sein. Felix geht nach hinten in „Mias Büro" – wie er den Raum mittlerweile nennt – und klopft an.

„Mia, wir müssen uns auf den Weg machen. Das Taxi müsste jeden Moment kommen."

Mia sieht müde aus. Auf einem Papierblock hat sie unzählige Notizen gemacht. Viele Zahlen sind entweder durchgestrichen oder eingekreist. Sie gähnt einmal demonstrativ, klappt dann den Block zu und verstaut ihn in ihrer Handtasche. Gemeinsam gehen nach draußen. Da das Taxi noch nicht da ist, zündet Mia sich eine Zigarette an.

„Ich habe unzählige Gästelisten durchgearbeitet", berichtet sie. „Jeder einzelne Gast wurde notiert. Mit Anreisedatum, Zimmernummer und Abreisedatum. Das Hotel war durchgehend gut besucht. Einige Gäste kamen jeden Sommer wieder. Und eine gewisse Frau Weidner blieb sogar ganze drei Monate hier."

Felix nickt nur.

„Und was hast du den ganzen Tag über so getrieben?", wendet Mia sich an ihn.

„Ich habe mir die Räume angesehen. Und das erste Buch deines Onkels gelesen. Daher kenne ich Frau Weidner bereits."

Mia blickt interessiert zu Felix herüber.

„Wie es scheint, hat er sie sehr gemocht", erklärt Felix.

Mia zieht eine Augenbraue nach oben.

„Aber irgendetwas ist schiefgelaufen. Ich komme nur noch nicht ganz dahinter, was es ist. Es wäre jedenfalls von Vorteil, wenn du das Manuskript ebenfalls lesen würdest."

Mia schnippt ihre Zigarette weg. „Erst, wenn ich mit all den Rechnungsbüchern fertig bin. Außerdem will ich heute Abend noch versuchen, Elsa Meiwald zu erreichen."

Das Taxi kommt. Felix und Mia steigen ein und fahren zurück nach Lübeck. Felix wartet schon begierig darauf, das zweite Notizbuch zu lesen.

Im zweiten Buch gibt es fünf markierte Einträge. In nur einem davon wurde nachträglich etwas weggestrichen. Felix setzt sich wieder an den kleinen Tisch. Er schaltet die Tischlampe ein und beginnt zu lesen.

Heute half ich einer jungen Mutter auf ihr Zimmer. Die Dame heißt Alexandra Jung und hat den linken Fuß in Gips. Wie sie mir erzählte, ist sie beim Reiten vom Pferd gefallen und hat sich dabei den Knöchel gebrochen. Sie hat einen kleinen Sohn, der erst ein Jahr alt ist. Da sie mit dem Kind allein angereist ist, vermute ich, dass sie sich von ihrem Mann getrennt hat, wenn sie denn überhaupt jemals verheiratet war.

Ich habe sie also abends von der Bar, in der sie noch einen Wein getrunken hatte, zu Zimmer 6 begleitet. Sie hat die Tür aufgeschlossen und ich war bereits im Begriff zu gehen, als ich sie entsetzt schreien hörte. Sie schrie immer wieder: „Mein Baby ist weg, mein Baby ist weg!"

Ich habe mich natürlich sofort umgedreht und bin ihr ins Zimmer gefolgt.

Dort war tatsächlich kein Baby. Zumindest konnte ich auf den ersten Blick keines sehen. Zunächst einmal habe ich versucht, die Dame zu beruhigen. Leider ziemlich erfolglos. Immerhin konnte ich ihr entlocken, dass sie den kleinen Buben auf das Bett gelegt hatte. Meine Vermutung, er sei einfach nur vom Bett gefallen, erwies sich als falsch. Er lag weder neben noch unter dem Bett. Ich ging ins Badezimmer, um dort nachzusehen, konnte ihn aber nirgends finden. Alles, was mir bei der Durchsuchung des Zimmers auffiel, war, dass die kleine Uhr auf dem Nachttisch das falsche Datum anzeigte. Ich stellte sie einen Tag vor, so dass man das korrekte Datum ablesen konnte. Nach dieser kurzen, in diesem Moment sicherlich völlig überflüssigen Handlung drehte ich mich zu Frau Jung um und sagte: „Wir

sollten hinunter zur Rezeption gehen und den Portier fragen,
ob er jemand hat kommen oder gehen sehen. Möglicherweise
hat auch einer der Gäste in den Nachbarzimmern etwas
gesehen."

Sie nickte nur und folgte mir wie betäubt auf den Gang hinaus.

Und dann geschah das Unmögliche.

*Als die Tür ins Schloss fiel, konnte ich ganz deutlich die
Schreie des kleinen Jungen vernehmen, der ganz offensichtlich
Hunger hatte und nach seiner Mutter schrie. Sofort drehte ich
mich wieder um, entriss der jungen Frau ihren Zimmerschlüssel und schloss die Tür auf.*

Auf dem Bett lag das schreiende Baby.

*Die junge Mutter stürmte an mir vorbei ins Zimmer und
nahm ihren Sohn auf ihren Arm. Sofort beruhigte sich das
Kind. Ich stand sprachlos in der Tür. Konnte es denn sein, dass
wir das Kind bei der Durchsuchung des Zimmers übersehen
hatten?* ~~Es musste so gewesen sein, denn der Bub war ja da.~~

*Ich entschuldigte mich mehrmals bei der jungen Mutter und
bot ihr an, dem Kleinen eine warme Milch heraufbringen zu
lassen. Sie nahm dankend an. Also verließ ich den Raum und
ging nach unten, um dem Portier an der Rezeption Bescheid zu
geben. Nachdem ich das erledigt hatte, ging ich nach hinten in
mein Büro und genehmigte mir einen Cognac. Wie konnte es
sein, dass wir das Baby übersehen hatten? Und war es meinem
Nachtportier vor einiger Zeit mit dem Koffer eines Gastes nicht
ebenso ergangen? Ich beschloss, der Sache am folgenden Tag
auf den Grund zu gehen.*

Felix erinnert sich an Zimmer 6. Es ist ebenso unmöglich,
ein schreiendes Baby auf dem Bett zu übersehen, wie es

unmöglich ist, einen Koffer zu übersehen. Doch wo lag der Fehler? Hans hatte geschrieben, dass das Kind eindeutig zu hören gewesen war, nachdem er aus dem Zimmer nach draußen auf den Flur getreten war. Felix geht in seinen Gedanken wieder hinauf in Zimmer 6. Er stellt sich vor, wie er die Tür öffnet und hineinsieht. Es liegt kein Baby auf dem Bett. Gedanklich schließt er die Tür wieder und sofort kann er das Kind schreien hören. Wie kann so etwas möglich sein?

Da er dieses Problem nicht von Lübeck aus lösen kann, beschließt er, weiterzulesen. Möglicherweise ist es Hans gelungen, den seltsamen Vorfall zu klären.

Gleich am nächsten Morgen ging ich zusammen mit Elsa hinauf zu Zimmer 6. Wir klopften an. Frau Jung öffnete nach einem kurzen Augenblick die Tür.

„Guten Morgen Frau Jung. Ist es ihnen recht, wenn wir kurz einen Blick in Ihr Zimmer werfen?"

Anstatt zu antworten, trat die junge Mutter zur Seite und ließ uns eintreten.

„Es wird bestimmt nicht lange dauern. Sie können gerne in der Zwischenzeit nach unten gehen und frühstücken", erklärte ich ihr.

Ich sah ihr an, dass sie leicht verunsichert war, deshalb schob ich schnell nach: „Sie können natürlich auch hier oben bleiben und uns bei der Durchsuchung des Zimmers behilflich sein."

Frau Jung schüttelte den Kopf.

„Nein, nein. Das ist schon in Ordnung. Ich nehme meinen Sohn mit nach unten und esse eine Kleinigkeit."

Sie packte ihren Jungen und eine weiche Decke und verließ das Zimmer. Elsa und ich warfen uns kurz einen Blick zu. Dann begannen wir mit der Durchsuchung des Zimmers.

Ich ging zunächst ins Badezimmer und kontrollierte dort das Fenster und die Kommode.Währenddessen suchte Elsa das Bett und den umliegenden Bereich ab. Nach einer Weile ging ich zu ihr ins Zimmer und besah auch dort die Fenster. Während unserer Arbeit schwiegen wir, bis Elsa plötzlich sagte: „Seltsam, die Uhr geht vor."

Ich schenkte ihr zunächst keinerlei Beachtung, wurde dann doch aufmerksam, als ich kurz über ihre Worte nachgedacht hatte. „Geht sie nur um ein paar Stunden vor, oder was meinst du?"

„Nein, die Uhrzeit ist die richtige. Das Datum ist falsch. Heute ist der fünfzehnte, aber die Uhr zeigt den sechzehnten an."

Jetzt hatte sie meine volle Aufmerksamkeit. Ich trat vom Fenster zurück und ging zu ihr.

„Gestern, als ich mit Frau Jung ihren Sohn gesucht habe, war es genau anders herum. Gestern zeigte sie das Datum von vorgestern an. Ich habe mir noch die Mühe gemacht, das richtige Datum einzustellen."

Elsa hob die Uhr an ihr Ohr. „Sie tickt sehr gleichmäßig." Sie stellte sie wieder auf das Nachttischchen. „Vielleicht hat eine der Putzfrauen die Uhr beim Staubwischen verstellt."

Ich schüttelte den Kopf. „Ich war gestern Abend um kurz vor Mitternacht mit Frau Jung hier. Jetzt ist es gerade einmal neun Uhr. Die Putzfrauen machen jetzt erst ihre Runde. Und da sie immer im ersten Stockwerk beginnen, kann es unmöglich sein, dass sie bereits in diesem Zimmer waren." Ich dachte kurz nach. „Wir sollten sie dennoch danach fragen."

Elsa war schon zur Tür hinaus. Ich überlegte währenddessen, ob hier vielleicht ein Defekt vorlag, den ein Uhrmacher beheben könnte. Fürs Erste würde ich die Uhr ersetzen. Außerdem würde ich den Raum auf eine gewisse Eigenschaft hin untersuchen.

Felix notiert das Wort Eigenschaft im Geiste. Er fragt sich, ob sich Hans bei seinen Schilderungen an die Realität gehalten hat oder ob er vielleicht nur die Hirngespinste eines älterwerdenden Mannes liest. Aber dann denkt er daran, wie klug und konzentriert Hans immer gewesen ist, und verwirft diesen Gedanken.

Der nächste Eintrag ist mit drei Ausrufezeichen markiert. Felix sieht auf die Uhr. Eigentlich sollte er runter zum Abendessen gehen, doch die Neugierde ist zu groß.

Ich habe die Uhr durch eine neue Uhr mit grünem Gehäuse ersetzt. Beide Uhren unterscheiden sich deutlich in ihrem Aussehen. Die frühere Uhr ist jetzt in einem Uhrengeschäft. Aber ich gehe nicht davon aus, dass der Uhrmacher einen Defekt feststellen wird. Ich habe Frau Jung und ihren Sohn für heute Nacht in ein anderes Zimmer einquartiert, da ich sie nicht um ihren Schlaf bringen möchte. Zusätzlich habe ich ein kleines Kinderbettchen gekauft, in dem Frau Jungs Sohn jetzt sicher schlafen kann. Obwohl ich nicht davon ausgehe, dass ein kindersicheres Bett ihn letzte Nacht vor dem Verschwinden hätte schützen können.

Ich sitze unruhig in meinem Büro und starre meine Wanduhr an. Eigentlich müsste ich verschiedenste Abrechnungen machen oder doch wenigstens schlafen. Aber ich muss mein Experiment heute Nacht in die Tat umsetzen. Die Cognacflasche sieht mich verlockend an, doch ich wehre mich erfolgreich dagegen, ein Glas zu trinken. Heute Nacht muss ich sicher gehen, dass all meine Sinne ungetrübt sind. Stattdessen trinke ich noch ein Glas Wasser. Dann halte ich es nicht mehr aus. Um viertel vor zwölf nehme ich meinen Generalschlüssel und einen Notizblock und gehe nach oben.

Ich gehe so schnell, dass ich die Treppe fast hinaufrenne. Meine Hände fangen an zu schwitzen. Als ich vor Zimmer 6 stehe, klopft mein Herz schneller denn je. Ich schließe die Tür auf und betrete den Raum. Als ich das Licht einschalte, sehe ich sofort die hässliche grüne Uhr, die ich noch am Vormittag auf den Nachttisch gestellt habe. Ich lösche das Licht und gehe wieder nach draußen auf den Flur, schließe die Tür ab und blicke auf die Uhr.

Es ist zehn Minuten vor Mitternacht.

Ich gehe auf dem Gang auf und ab, spiele mit dem Schlüssel in meiner Hand und frage mich, was ich eigentlich erwartet habe. Ich weiß es nicht. Aber ich will mir noch eine Chance geben.

Wieder stecke ich den Schlüssel ins Schloss und drehe ihn langsam um. Es klickt, als die Tür aufspringt. Ich betrete den Raum und schalte das Licht ein.

Auf dem Nachttisch steht die in braunes Holz gefasste Uhr, die ich heute Mittag zur Reparatur gebracht habe. Ich atme tief ein und halte die Luft für einen Moment an. Mein Herz schlägt immer schneller und meine Schläfen beginnen zu pochen. Erst als ich wieder ausatme, beruhigt sich mein Herzschlag wieder. Langsam gehe ich auf die Uhr zu. Sie tickt. Ich sehe auf die Datumsanzeige. Sie stimmt.

Ich drehe mich um und gehe aus dem Zimmer heraus. Ich schließe die Tür ab und warte einige Minuten. Dann öffne ich die Tür erneut. Ich weiß, dass auf dem Nachttisch wieder die hässliche grüne Plastikuhr stehen wird. Ich schalte das Licht ein und sehe meine Vermutung bestätigt.

Hastig schreibe ich alles auf. Dann gehe ich nach unten in mein Büro und gieße mir doch ein Glas Cognac ein. Mit dem Glas in der einen Hand massiere ich mir mit Daumen und Mittelfinger der anderen Hand die Schläfen. Wäre es verrückt zu denken, Zimmer 6 hinge auf seltsame Weise im Gestern fest?

Gestern war das Baby im Zimmer gewesen, aber vorgestern nicht. Im Gestern von gestern war der Raum leer gewesen. Im

Gestern von damals lag kein Koffer auf dem Bett. Tags darauf sehr wohl.

Dieser Gedanke ist so absurd, dass es mir schwerfällt, ihn richtig in Worte zu fassen. Ich genehmige mir einen weiteren Schluck.

Ich werde Tests durchführen müssen. Sofort gehe ich an die Rezeption und nehme mir den dicken Ordner, in dem die Hotelreservierungen notiert werden. Zimmer 6 ist zurzeit eigentlich noch von Frau Jung belegt. Danach ist es noch nicht reserviert. Ich nehme einen roten Stift und schreibe quer über die nächste Woche „Reparaturarbeiten". Dann gehe ich in mein Büro zurück und fertige eine Liste von Gegenständen an, die ich an verschiedenen Tagen in Zimmer 6 deponieren werde.

Felix erträgt es kaum. Wie konnte ein so wacher Geist wie der seines Freundes Hans nur so verfallen? Er weiß, dass Hans nur einem Hirngespinst nachgejagt sein kann. Aber er wird der Sache morgen selbst auf den Grund gehen. Er sieht auf die Uhr und erschrickt. Es ist bereits kurz vor Mitternacht. Er hat Mia und ihre Verabredung zum Abendessen vergessen.

Felix geht ins Badezimmer und putzt sich die Zähne. Vor dem Spiegel stehend überlegt er, ob es möglich wäre, herauszufinden, bei welchem Uhrmacher die Uhr zur Reparatur eingereicht wurde. Allerdings macht er sich keine großen Hoffnungen. Es ist nicht unwahrscheinlich, dass Mia in all den Rechnungsbüchern auch die Rechnung des Uhrmachers findet. Es ist jedoch völlig unwahrscheinlich, dass dieser sich noch an den Auftrag erinnert. Felix verwirft diesen Gedanken, legt sich ins Bett und schlägt das Buch auf. Als Nächstes hat Hans eine Art Aufzählung notiert, die Felix am Verstand seines Freundes zweifeln lässt.

Montag: Ich lege am Morgen einen Wäschesack auf das Bett. Abends ist der Wäschesack noch da. Ich öffne die Tür im Zehnminutentakt.

Elf Uhr: Der Sack ist noch da.

Zehn nach elf: Unverändert.

Zwanzig nach elf: Unverändert.

Halb zwölf: Unverändert.

Zwanzig vor zwölf: Unverändert.

Zehn vor zwölf: Der Wäschesack ist verschwunden. Ich gehe in das Zimmer und untersuche die Fenster. Keines wurde geöffnet. Ich verlasse das Zimmer.

Mitternacht: Der Wäschesack ist nach wie vor verschwunden. Wieder kontrolliere ich alle Fenster. Dann verlasse ich das Zimmer.

Zehn Minuten nach Mitternacht: Der Wäschesack liegt auf dem Bett. Ich nehme ihn an mich und gehe nach unten.

Ich sollte schlafen.

Dienstag: Diesmal stelle ich die Kommode aus dem Bad mitten in das Zimmer. Abends dann das gleiche Spiel wie gestern. Diesmal beginne ich um halb zwölf und öffne die Tür im Fünfminutentakt.

Es gibt keine Veränderungen bis um zehn vor zwölf. Erst dann steht die Kommode nicht mitten im Zimmer, sondern an ihrem richtigen Platz im Badezimmer, dafür liegt jetzt auf dem Bett zusätzlich der Wäschesack.

Mittwoch: Ich bringe das Bett in Unordnung. Diesmal öffne ich im Minutentakt. Ich beginne um viertel vor zwölf.

Bis um dreizehn Minuten vor zwölf ist das Bettzeug zerwühlt.
Um zwölf Minuten vor Mitternacht ist es glattgestrichen.

Donnerstag: Ich will herausfinden, wie lange der Effekt anhält.
Ich öffne die Schranktür. Wieder beginne ich um viertel vor
zwölf.
  Diesmal bleibt der Schrank geöffnet bis um zehn vor zwölf.
Ich beginne zu zweifeln. Habe ich mir doch alles nur eingebil-
det? Nein! Um neun Minuten vor Mitternacht ist die Schrank-
tür geschlossen. Ich setze mein Experiment fort. Die Tür bleibt
geschlossen bis um vier Minuten nach Mitternacht. Um fünf
nach zwölf ist sie wieder weit geöffnet.

Ich denke, ich habe einen Raum gefunden, der – wie auch
immer – manchmal eine Tür zum Gestern öffnet. Ich muss
darüber nachdenken. Und je länger ich darüber nachdenke,
desto mehr wächst die Erkenntnis, dass es möglicherweise noch
einen zweiten Raum gibt: Zimmer 8. Ich eile nach unten zur
Rezeption und sehe mir die Reservierungen an. Zimmer 8 ist
für die nächsten drei Wochen gebucht. Danach ist es für zwei
Tage frei. Ich nehme meinen roten Stift und notierte „Repara-
turarbeiten".

Felix kann nicht glauben, was er gerade gelesen hat. Entweder hat sein Freund eine bahnbrechende Entdeckung
gemacht oder er ist in der Zeit nach Mariannes Tod wahn-
sinnig geworden. Felix weiß nicht, welche Möglichkeit
ihm besser gefiele. Mit einem mulmigen Gefühl schlägt
er den nächsten markierten Eintrag auf.

Ich habe alle Zimmer überprüft. Manche nur in einer oder ma-
ximal zwei Nächten. Ich habe es dreimal geschafft, in Zimmer

8 das bereits von mir erlebte Szenario zu betreten. Jedes Mal waren die Fenster zerstört und es roch nach Feuer und Rauch. Jedes Mal brach bei mir der kalte Schweiß aus und meine Knie wurden weich und – obwohl ich die Schreie meines Kameraden Johann nicht mehr vernommen habe – werde ich diesen Raum nicht mehr betreten.

Als Nächstes fällt mir Zimmer 4 auf, welches ein einziges Mal nach einem Heuboden aussieht. Es scheint größer geworden zu sein. Zumindest denke ich das anfangs. Aber schließlich wird mir klar, dass letztlich einfach die Trennwand zu Zimmer 3 fehlt. Ich betrete das Zimmer und sehe aus dem Fenster. Da es dunkel ist, kann ich nicht viel erkennen. Ich bilde mir ein, vor dem Haus einen altmodischen Wagen oder eine Kutsche stehen zu sehen.

Du bildest dir ein. Welch weise Wortwahl, denkt Felix zynisch. Trotzdem notiert er sich auf einem Blatt Papier die Zimmernummern 4, 6 und 8.

Das merkwürdigste Zimmer – wenn man bei solchen Zimmern die Merkwürdigkeit überhaupt noch steigern kann – ist Zimmer 5. Es sieht beinahe unverändert aus. An der Wand mit den Fenstern steht ein Bett. Neben dem Bett steht eine kleine Kommode. An der Wand, die das Zimmer vom Badezimmer trennt, steht ein Schrank. Die Möbel sehen anders aus als diejenigen, die momentan im Zimmer stehen. Auffällig ist außerdem, dass alle Möbelstücke mit einer feinen Staubschicht bedeckt sind. Dieses Zimmer interessiert mich am meisten, da ich es zeitlich nicht zuordnen kann. Ich untersuche es ganze zehn Minuten, ehe ich das Zimmer wieder verlasse. Um viertel nach zwölf eile ich nach unten in mein Büro. Aus irgendeinem Grund habe ich Angst vor Zimmer Nr. 5.

Kapitel 4 – Das Geständnis

Felix wird durch das Klopfen an seiner Zimmertür aus einem unruhigen Schlaf geweckt. Noch in seinen Träumen gefangen denkt er: „Geh nicht durch diese Tür. Du weißt nicht, zu welcher Zeit du rauskommst." Erst als er sich im Bett aufsetzt, wird sein Kopf klar. Es fühlt sich an wie plötzlich verschwindender Nebel. Felix weiß wieder, wo er ist. Er steigt aus seinem Bett und sieht auf die Uhr auf seinem Nachttisch. „Gott sei Dank, sie ist nicht grün und hässlich!", denkt er. Die Uhr zeigt viertel nach zehn an. Er hat um beinahe drei Stunden verschlafen. Zur Tür gewandt ruft er: „Ich komme sofort!"

Dann zieht er sich schnell seinen Bademantel über und geht zur Tür. Draußen steht Mia.

„Hast du gut geschlafen?" Sie lächelt. „Ich habe mir schon ein wenig Sorgen gemacht, ich müsste von jetzt an immer allein essen."

Felix begreift nicht sofort, dass Mia ihn wegen gestern aufzieht.

„Ich habe fast eine Stunde auf dich gewartet", fügt sie hinzu. „Dann habe ich allein gefrühstückt. Aber keine Sorge. Ich habe dir etwas mitgehen lassen." Sie öffnet ihre Handtasche, in der zwei belegte Brötchen und ein Apfel liegen. „Auf deinen Kaffee musst du allerdings verzichten."

Felix reibt sich die Augen und gähnt.

„Mein Gott, wie lange hast du gestern in diesem Buch gelesen?", fragt Mia besorgt.

„Ich weiß es nicht. Ganz offensichtlich zu lange. Aber du wirst es verstehen, wenn du es selbst liest. Es ist einfach furchtbar." Felix nimmt eines der Brötchen und beißt hinein. „Ich glaube, dein Onkel ist in den letzten paar Jahren sehr verwirrt gewesen. Wenn ich ihn richtig verstanden habe, schreibt er etwas von Zeitreisen."

„Was?" Mia sieht Felix erstaunt an. „Du machst Witze. Ich meine, hat er sich theoretische Gedanken über Zeitreisen gemacht oder..." Sie sucht nach Worten. Da ihr keine einfallen, nimmt sie die Hose und das Hemd vom Stuhl und reicht ihm die beiden Kleidungsstücke. „Du denkst, Hans hat sich auf eine Zeitreise begeben?"

„Nein, auf keinen Fall. Ich denke, dein Onkel hat geglaubt, dass er im HAUS MARIANNE irgendwie in die Vergangenheit reisen kann." Felix hält kurz inne. „Vermutlich hat er nur versucht seine eigene Vergangenheit zu bewältigen. Er ist wohl nie über Mariannes Tod hinweggekommen." Felix nimmt Hose und Hemd. „Gib mir zehn Minuten, dann können wir uns ein Taxi rufen." Er geht ins Bad und dreht den Wasserhahn auf.

„Ich habe etwas Besseres!" Mia zückt einen Autoschlüssel aus ihrer Handtasche. „Ich habe einen Wagen gekauft."

„Du hast was?" Felix steckt seinen Kopf durch die Badezimmertür.

„Ich habe bei einem kleinen Autohändler einen Gebrauchtwagen gekauft. Er ist nicht groß, kann aber fahren." Sie sieht auf den Schlüssel. „Ich glaube, es ist ein Polo. Tut mir leid, aber ich kenne mich mit Autos nicht so gut aus."

Felix verschwindet wieder vollständig im Bad. „Das sind ja die idealen Voraussetzungen für einen Autokauf." Er dreht den Wasserhahn der Dusche auf, dann schließt er die Tür.

Mia geht zu dem kleinen Tisch und blättert durch Felix' Notizen.

Wann war Hans im Lazarett? Zimmer 6 = ein Tag zurück?
Beim Bauamt erfragen, wann die Zimmer 3 und 4 getrennt
wurden. Was ist mit Zimmer 8? Wieso hat Hans Angst vor
Zimmer 5?

Die Badezimmertür geht auf und Mia erschrickt ein wenig. Felix kommt mit nassen Haaren heraus. Er trägt die Hose und das Hemd. „Meinetwegen können wir starten. Wenn das Auto überhaupt fahren kann."

Mia verzieht das Gesicht. „Wenn du noch so einen Spruch bringst, darfst du nach Brodten laufen."

Im HAUS MARIANNE angekommen, gehen Mia und Felix zu ihrer gewohnten Routine über. Mia studiert die Rechnungsbücher, während Felix mit seiner Kamera und den neu gekauften Filmen bewaffnet durch das Hotel geht und Fotos von den Räumen schießt. Als er nach einer Stunde über fünfzig Fotografien beisammen hat, geht er mit dem Manuskript in der einen und den Fotos in der anderen Hand nach unten in die Lounge. Dort setzt er sich an seinen mittlerweile beinahe liebgewonnenen Platz und schlägt das Buch auf. Er hat nur noch zwei markierte Einträge vor sich. Die anderen Einträge überfliegt er nur. Der erste der beiden verbliebenen markierten Einträge ist relativ kurz. Er ist zweigeteilt. Ihm liegt ein Brief bei. Der handgeschriebene erste Absatz sieht aus, als sei er ursprünglich in einem Tagebuch notiert worden. Felix beginnt zu lesen.

Ich habe gestern in meinem Büro in einer Ausgabe von Goethes „Faust" einen Brief meiner Frau gefunden. Er ist an niemanden adressiert, aber ich denke trotzdem, dass sie ihn für mich geschrieben hat. Wieso hätte sie ihn sonst in meinem Büro verstecken sollen? Der Brief hat mich zutiefst erschüttert. Ich habe ihn mehrmals gelesen. Er hat in mir die Frage geweckt, ob meine Frau jemals die Frau gewesen ist, die ich geliebt habe. Am besten klebe ich ihn in dieses Tagebuch.

Wie kann sich ein Mensch so verstellen? Wie kann ein Mensch mit einer solchen Last leben? Wohl nur, indem er sie nicht als Last empfindet. Es fällt mir schwer, mir weiterhin einzureden, meine Frau habe mich geliebt.

Der Brief ist mit schwarzer Tinte auf festes Papier geschrieben. Felix kann sich nicht mehr gut genug an Mariannes Handschrift erinnern, um sie zu erkennen.

Ich habe den Mord an meiner Mutter nie als einen Akt der Schande, sondern vielmehr als einen Akt der Güte – oder vielleicht der Nächstenliebe – betrachtet. Ich konnte es nicht ertragen, sie auf solch falschem, verwerflichen Weg zu wissen.

Ich war gerade einmal dreizehn Jahre alt, als ich herausfand, dass meine Mutter – die Frau, die mich gebar – all das verriet, wofür ich lebte. Wie konnte sie nur diejenigen unterstützen, die all das gefährdeten, wofür unsere herrliche Regierung eintrat. All das, was uns versprochen wurde, trat sie mit Füßen. Man hatte bereits vor etwa einem Jahr begonnen, die unerwünschten Juden außer Landes zu bringen. Sie standen unserem Glück im Wege und so war ich tief entsetzt, als ich feststellen musste, dass meine Mutter diesem Abschaum der Menschheit – diesen Nichtmenschen – half, indem sie sie in leerstehende Häuser einquartierte und für sie einkaufen ging. Ich behielt meine Entdeckung zunächst für mich und überlegte, wie ich damit umzugehen hatte. Doch eines Tages vertraute ich mich einem Scharführer an. Stolz war Anfang vierzig und arbeitete als Verwalter für einen Juden.

Bei dem Namen Stolz zieht sich Felix der Magen zusammen. Er denkt an die Akte „1967". Könnte es sein, dass es sich um ein und dieselbe Person handelt?

Dies wurde geduldet, da er durch seine Tätigkeit dieses Volk bespitzeln konnte. Außerdem munkelte man, er zweige nebenher noch etwas Geld aus dem Firmenbesitz für sich ab. Somit entkräftete er sie noch zusätzlich.

Stolz hörte sich meine Geschichte an. Er ließ mich wissen, es sei gut gewesen, zu ihm zu kommen. Er fragte mich, ob ich es dulden könne, dass meine Mutter weiterhin dem deutschen Volk Schaden zufüge. Natürlich konnte ich es nicht dulden. Stolz hat mich nie zu etwas überredet, das möchte ich klarstellen. Ich habe mir die Blausäure auf eigene Faust besorgt. Das war leicht, da der Vater einer Freundin einen Kramladen besaß, in dem man auch Mittel zur Ungezieferbekämpfung kaufen konnte. Wir spielten jeden Tag ungehindert in dem großen Haus. Ich gab das Gift in ihren Tee und servierte ihn mit viel Honig, um den bitteren Geschmack zu verdecken. Meine Mutter bemerkte zunächst nichts. Nach einiger Zeit rieb sie sich immer heftiger ihre Augen. Ich konnte kaum zusehen. Schließlich erbrach sie sich, griff an ihr Herz und klappte mit verdrehten Augen zusammen.

Ich habe nie mit meinem Vater über diese Tat gesprochen, da ich nicht wusste, ob er ebenso empfand wie ich. Er - wie auch alle anderen - hielten es für eine Verzweiflungstat meiner Mutter, da ich mit Martin Stolz' Hilfe gewisse Gerüchte gestreut hatte. Es war eine Qual für mich, ihn trauern zu sehen. Hätte er auch um Mutter getrauert, wenn er gewusst hätte, was sie getan hatte?

Jetzt, da ich bald selbst sterben werde, möchte ich diese Tat gestehen. Für mich wird sie immer eine Wohltat am deut-

schen Volk bleiben. Für Außenstehende mag sie fürchterlich erscheinen. Aber diese Menschen haben vergessen, wofür wir damals gekämpft haben.

Ist es möglich, dass Marianne Martin Stolz gekannt hat? Hat sie möglicherweise auch Römer und Thoman gekannt? Hat sie gewusst, dass die drei Beute unterschlagen haben, um sie nach Kriegsende zu verkaufen? Hat sie gewusst, dass ich sie gelinkt und ihnen viel Geld abgenommen habe? Hat sie gewusst, dass das Geschäft mit dem Import und Export nicht so gut lief und eigentlich nur ein Deckmantel war? Und viel quälender ist die Frage, ob sie den dreien erzählt hat, wo ich wohne.

Wenn sie all das wusste, wieso hat sie ihr Wissen mit mir nicht geteilt? Die Antwort auf diese Frage kann nur lauten: „Weil sie mich benutzt hat. Benutzt dafür, auf bequemste Weise durchs Leben zu kommen."

Bestimmt hat sie mich sogar verachtet, wenn ich geäußert habe, der Holocaust sei die schlimmste Gräueltat gewesen, die jemals von Menschen verübt worden ist.

Felix liest in jedem Satz Bedauern. Aber er ist auch gleichzeitig enttäuscht von seinem Freund, der auch ihm gegenüber nicht offen und ehrlich gewesen war. Wieso hat er ihm nie davon erzählt, wie er zu seinem Geld gekommen ist? Hatte er etwa Angst, Felix würde mit seiner Mutter darüber reden und mit ihr zur Polizei gehen? Bestimmt war dieser Gedanke anfangs gerechtfertigt, aber nicht mehr, nachdem Felix Römer beseitigt hatte.

Der Brief wirft in Felix noch eine zweite Frage auf: „Kann er es sich erlauben, das geerbte Geld zu behalten?"

Noch weiß niemand von dessen Herkunft. Felix beschließt, diese Frage mit Mia zu besprechen, nachdem sie das Manuskript gelesen hat. Er nimmt den Apfel, beißt in ihn hinein und liest den letzten mit einem Ausrufezeichen und einem „F" markierten Eintrag seines früheren Freundes.

Ich habe die letzten Nächte damit verbracht, Alkohol zu trinken, unzählige Tränen zu vergießen und mich mehrmals zu übergeben. All das, woran ich glaubte, an dem ich hing, ergibt für mich auf einmal keinen Sinn mehr. Immer wieder spiele ich mit dem Gedanken, mir etwas anzutun.

Also doch. Felix hat es sich bisher nicht eingestehen wollen. Aber nun steht für ihn fast fest: Hans hat sich umgebracht. Nur hat er es so angestellt, dass niemand seine Leiche bislang gefunden hat. Möglicherweise ist er ins Meer gegangen und so weit geschwommen, bis ihn die Strömung forttrieb. Oder er ist in die Wälder gegangen und hat sich auf einer einsamen Lichtung umgebracht. Felix hat schon oft gelesen, dass in einem Wald kein Kadaver liegen bleibt. Vielleicht gilt dies auch für menschliche Leichen. Je länger er in diese Richtung denkt, desto mehr steigen ihm die Tränen in die Augen. Er wischt sie mit dem Ärmel seines Hemdes ab und liest weiter.

Doch es gibt noch eine Sache, die mich quält: Zimmer 5. Ich muss herausfinden, was dort auf mich wartet. Ich habe für den Fall der Fälle gestern mein Testament geschrieben. Außerdem habe ich die Öffnung des Testaments an die Bedingung geknüpft, dass mein alter Freund Felix anwesend ist. Ich will, dass er diese Notizen findet.

Lieber Felix, ich habe einige Einträge nur für dich mit einem „F" hervorgehoben. Außerdem habe ich ein paar der Einträge korrigiert. Ich hoffe, du begreifst das, was du dort liest, nicht als die Hirngespinste eines alten Mannes.

Ich werde jetzt meine Angelegenheiten in Ordnung bringen und dann dorthin gehen, wohin es mich seit Tagen zieht. Mach's gut mein Freund.

Felix hat erneut Tränen in den Augen, als er das Buch zuklappt. Er legt es auf den Tisch und schließt die Augen. Sein Gesicht vergräbt er in seinen Händen, mit denen er sich an seiner Stirn festkrallt, um das starke Zittern zu unterbinden, das ihn auf einmal befällt.

Er macht sich Vorwürfe. Vorwürfe deshalb, weil er nie daran gedacht hat, Hans einmal im Norden zu besuchen. Natürlich war er anfangs durch sein Studium und die Pflege seiner Mutter stark eingebunden. Nach seinem Studium, als er die erste Stelle in Köln angetreten hat, war ihm beinahe die Decke auf den Kopf gefallen. Auch nach dem Tod der Mutter, als er sich ein paar Tage freigenommen hatte, hatte er nicht an seinen Freund gedacht. Umso mehr quält ihn jetzt die Frage, ob er hätte verhindern können, dass Hans dermaßen abgleitet in seine Welt des Wahns – gefangen in einem Spinnennetz absurder Gedanken, das er sich über die letzten Jahre seines Lebens selbst gewoben hat.

Felix sitzt noch etwa eine Viertelstunde regungslos in der Lounge. Dann steht er auf und geht zu Mia ins Büro. Mia sitzt tief über ein Buch gebeugt am Schreibtisch und macht sich Notizen. Als Felix leise an den Türrahmen klopft, blickt Mia auf. Sie sieht sofort, dass Felix geweint hat, obwohl er sich mit dem Hemdsärmel alle Tränen aus dem Gesicht gewischt hat. Wortlos steht sie auf, geht auf ihn zu und umarmt Felix lange. Die Umarmung tut gut.

„Wieso hat er sich das angetan? Wieso hat er sich keine Hilfe gesucht? Schließlich hätte er doch einfach anrufen können." Felix löst sich aus Mias Umarmung. „Wieso hat er sich nur umgebracht?"

Mia schweigt lange. Dann sagt sie: „Vielleicht hat er sich so sehr in diese Sache hineingesteigert, dass er seine Mitmenschen nicht mehr wahrgenommen hat. Bestimmt hatte er jeglichen Blick für die Realität verloren."

„Und wieso haben seine Mitmenschen nichts bemerkt?"

Mia überlegt nur kurz. „Viele Menschen, die an einer Depression leiden, sind Meister darin, diese zu verbergen. Sie wollen ihren Mitmenschen nicht zur Last fallen. Sie denken, sie kämen schon allein mit der Krankheit zurecht."

Felix nickt nur. Dann wischt er sich erneut Tränen aus den Augen. Er bemerkt nicht, wie sich Mias Stimmung verändert hat. Er ahnt nicht, wie sehr sich Mia mit dem Leid ihres Onkels verbunden fühlt. Er wird es auch niemals erahnen können, da Mia gut darin ist, ihre Depression vor ihren Mitmenschen zu verbergen. Auch sie denkt, sie käme allein damit zurecht.

Teil 3 – Die Wahrheit

Kapitel 1 – Die Suche

Als ich aufwache, habe ich ziemlich starke Kopfschmerzen. Meine Augen brennen. Ich gehe ins Badezimmer und wasche mein Gesicht. Das Brennen in den Augen wird nur noch schlimmer. Mit geschlossenen Augen taste ich nach der Dose mit den Schmerztabletten. Erst, als ich eine der kleinen Pillen heruntergeschluckt habe, öffne ich meine Augen. Dunkle Ringe zeugen davon, dass ich gestern Nacht zu lange in Hans' Manuskript gelesen habe. Wenigstens wurde ich nicht wieder von seltsamen Träumen heimgesucht.

Während ich mir die Zähne putze, denke ich über Sophie Weidner nach. Ich habe in der Bibliothek keines ihrer Bücher entdeckt. Möglicherweise hat sie ihre Bücher unter einem Pseudonym veröffentlicht. Es muss dennoch einen Weg geben, herauszufinden, für welchen Verlag sie geschrieben hat. Ich würde zu gerne das Buch lesen, an dem sie im Frühjahr 1982 gearbeitet hat. Ich frage mich, ob man darin etwas von ihrem Urlaub im HAUS MARIANNE spüren kann.

Da mir ein Blick auf die Uhr verrät, dass ich in zehn Minuten zum Frühstück verabredet bin, dusche ich eiskalt. Mit nassen Haaren ziehe ich mich schnell an und gehe dann hinunter. Felix sitzt bereits an unserem Tisch. Natürlich handelt es sich nicht wirklich um unseren Tisch, aber da wir in den vergangenen zwei Wochen jeden Morgen den gleichen Tisch hatten, bezeichne ich ihn als „unseren Tisch".

Als Felix mich sieht, steht er auf und schenkt mir eine Tasse Kaffee ein. Ich hole uns vom Büfett ein Frühstück.

Während jeder von uns still sein Brötchen aufschneidet und es mit Käse belegt, überdenke ich das, was ich bezüglich des Manuskripts mit Felix besprechen möchte.

„Hast du alles gelesen?" Felix sieht mich fragend an, während ich noch auf meinem Brötchen herumkaue.

Ich nicke nur, da ich den Mund noch zu voll habe.

„Und was hältst du davon?" Felix nimmt einen Schluck Kaffee.

Ich weiß, dass Felix und mein Onkel früher sehr gut miteinander befreundet waren. Und ich kann mir denken, dass Felix sich Vorwürfe macht, dass er nach Köln gezogen ist und meinen Onkel mit seinem Projekt alleingelassen hat.

Aber trotzdem habe ich mich dafür entschieden, kein Blatt vor den Mund zu nehmen: „Ich denke, mein Onkel hat den Verstand verloren."

Ich mache eine Pause und beobachte genau, wie Felix reagiert. Seine Augen wandern nach unten auf seinen leeren Teller. Dann nimmt er einen weiteren Schluck Kaffee.

„Interessant." Er steht auf. „Möchtest du auch ein zweites Brötchen haben?"

Ich lehne dankend ab. Als Felix vom Büfett wiederkommt, fragt er: „Woran machst du deine These fest?"

Innerlich atme ich auf. Anscheinend hat Felix schon in genau die gleiche Richtung gedacht. „Ich kenne mich nicht sonderlich gut mit Zeitreisen aus, aber ein Hotel, in dem es Zimmer gibt, die in der Vergangenheit hängen geblieben sind, erscheint mir doch recht unglaubwürdig."

Felix nickt. „Und was denkst du, hat dein Onkel sonst dort erlebt?"

Ich überlege kurz, bevor ich antworte. „Ich denke, er hat versucht, verschiedene Dinge zu verarbeiten. Zunächst einmal den Tod meiner Tante. Er hat selbst geschrieben, dass für ihn die Ehe mit ihr noch nicht beendet war. Sein Versuch, eine neue Frau kennenzulernen, dürfte wohl eher an seinem Unterbewusstsein als an einer mysteriösen Zeitreise gescheitert sein." Ich verrühre einen Zuckerwürfel in meinem Kaffee, der mir von Tag zu Tag weniger schmeckt. „Als Zweites hat er natürlich seine besondere Verbindung zum Hotel verarbeitet. Ich frage mich, ob er dieses Haus mit Absicht gekauft hat oder ob es nur ein dummer Zufall war."

Felix nickt langsam.

„Aber was ist mit dem Koffer und dem Baby?", hakt er nach. „Beide sind für einen kurzen Moment verschwunden gewesen. Und beide sind wieder aufgetaucht, nachdem die Zimmertür geschlossen wurde."

„Bei dem Koffer bin ich mir nicht sicher. Ich bin die Bücher des Hotels noch einmal durchgegangen. Es gab einmal einen Gast mit dem Namen Werner Riehm. Er hat für drei Tage im HAUS MARIANNE gewohnt. Doch leider fehlt seine Adresse, so dass wir ihn wohl kaum ausfindig machen können." Ich trinke einen Schluck Kaffee. „Möglicherweise kann uns dieser Polizist helfen, der im Tagebuch erwähnt wird."

Felix schüttelt den Kopf. „Ich habe bereits das Polizeipräsidium angerufen. Kommissar Seibel wurde auf eigenen Wunsch nach Stuttgart versetzt."

„Dann gibt es ja noch die Geschichte mit dem verschwundenen Baby.", werfe ich ein und trinke einen weiteren Schluck Kaffee und beschließe dann, den Rest nicht mehr zu trinken. „Möglicherweise haben wir diesmal Glück. Frau Alexandra Jung hat zwar keine genaue Adresse, aber eine Telefonnummer bei ihrer Anmeldung angegeben. Offensichtlich wohnt sie in deiner alten Heimat."

„Wir sollten sie direkt nach dem Frühstück anrufen", schlägt Felix vor und knabbert nachdenklich an seinem Brötchen. „Was hältst du von Hans' Nachforschungen? Wie erklärst du dir die verschwundenen Möbel, den Raum mit dem Stallgeruch oder das verstaubte Zimmer?"

Ich denke einen kurzen Moment über die richtige Wortwahl nach, entschließe mich aber dann dazu, Klartext zu reden. „Ich denke, dass mein Onkel zu dem Zeitpunkt total den Verstand verloren hatte. Ich bitte dich: Schranktüren, die von selbst zufallen und dann wieder aufgehen, mag es ja noch geben, aber Uhren, die sich auf unheimliche Art austauschen – das geht zu weit. Ich denke, dass er in all den Jahren ziemlich einsam war und dann einfach mit der Zeit nicht mehr wusste, was real, was eingebildet oder vielleicht auch einfach ausgedacht war. Dazu passt auch, was Elsa mir am Telefon erzählt hat: Hans sei in seinen letzten Monaten verwirrt und oft vergesslich gewesen. Vielleicht hat sich mein Onkel gedacht, es wäre schön, wenn es ein solches Haus gäbe. Ein Haus, in dem man einfach durch die Zeit reisen könnte. Vielleicht hat er sich sogar vorgestellt, er könnte in jene Zeit reisen, in der meine Tante noch nicht verstorben war."

„Wir könnten es überprüfen." Felix schlägt das Frühstücksei mit dem Messer in zwei Teile. Dann beginnt er vorsichtig, das Innere mit dem Löffel herauszunehmen. „Zunächst einmal sollten wir diese Frau Jung anrufen. Wenn sie uns bestätigen kann, dass ihr Kind damals wirklich verschwunden war, müssen wir wohl einer unbequemen Tatsache ins Auge sehen." Er macht eine kurze Pause. „Außerdem sollten wir uns heute Abend mit Taschenlampen ins Hotel begeben und jeden Raum untersuchen. Ich schlage daher vor, dass wir uns mit Wolldecken versorgen und die Nacht draußen im Hotel verbringen."

Ich verziehe angewidert das Gesicht. „In diesem von Schimmel befallenen Haus bleibe ich keine Nacht. Lieber nehme ich nachts noch die Fahrt auf mich und fahre zurück nach Lübeck."

„Das wäre auch eine Option. Ich frage nachher nach, wie lange die Rezeption besetzt ist und ob wir morgen eventuell ein wenig später zu frühstücken."

Ich schiebe meinen Teller zur Seite und stehe auf. „Dann rufe ich in der Zwischenzeit Frau Jung an und erkundige mich nach dem verschwundenen Baby."

Ich hebe den Telefonhörer ab und wähle die Nummer, die ich aus dem Rezeptionsbuch ablese. Als ich die letzte Ziffer eingegeben habe, erklingt die Ansage „Kein Anschluss unter dieser Nummer". Ich lege den Hörer auf. Meine Enttäuschung ist groß. Hatte Alexandra Jung damals eine falsche Nummer angegeben, hatte sich der Rezeptionist verschrieben oder sie mittlerweile schlicht eine neue Telefonnummer? Ich bin gerade im Begriff, das Rechnungsbuch zuzuschlagen, als mir in den Sinn kommt, ich könnte aus Versehen die falsche Nummer eingegeben haben. Ich wähle die Telefonnummer erneut und diesmal erhalte ich das gewünschte Signal. Ich werde verbunden. Nach etwa zehn Sekunden meldet sich eine Frauenstimme.

„Jung, wer spricht da?"

Die Anspannung fällt von mir ab. Ich bin einen Moment sprachlos, ehe ich realisiere, dass die Person am anderen Ende der Leitung eine Antwort von mir erwartet.

„Guten Tag, mein Name ist Mia Wiegand. Ich ermittle in einem Verfahren bezüglich eines Hotels nahe Lübeck, in dem Sie vor etwa zwei Jahren ihren Urlaub verbracht haben."

Ich lausche in den Hörer, ob Frau Jung irgendwie auf meine Anfrage reagiert. Alles, was ich hören kann, ist ihr regelmäßiger Atem.

„Erinnern Sie sich noch an ihre Zeit im HAUS MA-RIANNE?", frage ich sie.

Nur ein Wort: „Ja."

Da sie sonst nichts sagt, frage ich weiter: „Erinnern Sie sich noch an die Nacht, in der Ihr Sohn für einen kurzen Moment aus Ihrem Zimmer verschwunden ist?"

Es klickt in der Leitung. Frau Jung hat aufgelegt. Verwundert starre ich den Hörer in meiner Hand an. Ich lege ebenfalls auf und wähle dann die Nummer erneut. Es klingelt. Als nach dem zehnten Läuten immer noch niemand abhebt, lege ich verwirrt auf.

Ich treffe Felix unten in der Lobby.

„Ich habe an der Rezeption nachgefragt: Wir kommen ohne Probleme nachts noch rein."

Das sind fürs Erste gute Nachrichten.

„Problematisch wird es allerdings mit dem Frühstück", fährt er fort. „Die Küche schließt bereits um zehn, um sich auf das Mittagessen vorzubereiten."

„Dann frühstücken wir eben beim Bäcker", antworte ich.

„Und was hat dein Telefonat ergeben?"

Ich habe mir bereits einige Gedanken über das seltsame Verhalten von Frau Jung gemacht, möchte jedoch zunächst einmal Felix' Meinung hierzu hören. „Frau

Jung hat bestätigt, dass sie 1982 im HAUS MARIANNE gewohnt hat. Allerdings war sie sehr kurz angebunden und hat kaum etwas gesagt. Auf meine Frage, ob sie sich daran erinnert, wie damals ihr Sohn verschwunden und wieder aufgetaucht ist, hat sie nichts geantwortet. Stattdessen hat sie einfach aufgelegt."

„Sie hat einfach aufgelegt? Seltsam." Felix öffnet mir die Tür und wir gehen nebeneinander zu meinem Auto. „Hast du versucht, sie erneut anzurufen? Es könnte doch sein, dass sie nur versehentlich aufgelegt hat."

Ich schüttle den Kopf. „Als ich ihre Nummer erneut gewählt habe, hat sie gar nicht mehr abgehoben."

Wir erreichen das Auto und ich setze mich hinter das Lenkrad. Felix nimmt auf dem Beifahrersitz Platz.

„Das klingt für mich nach einem eindeutigen Zeichen dafür, dass sie nicht weiter mit dir reden möchte. Was die Frage aufwirft, wieso."

„Die Frage habe ich mir auch schon gestellt. Als einzige logische Antwort fällt mir ein, dass das, was mein Onkel in seinem Tagebuch notiert hat, der Wahrheit entspricht und sie nicht darüber reden will."

Ich starte den Motor und fahre in Richtung Innenstadt.

„Es könnte aber auch sein, dass sie nach eurem ersten Telefonat wirklich verhindert war und deinen zweiten Anruf aus irgendwelchen Gründen nicht annehmen konnte", wirft Felix ein, schüttelt dann aber den Kopf. „Das klingt selbst für mich zu konstruiert. Aber es wäre denkbar."

Wir fahren zunächst schweigend durch die Stadt. Dann, kurz vor unserem Ziel – einem kleinen Elektronikhandel –, werfe ich die Frage in den Raum, die mir seit gestern Nacht im Kopf herumschwirrt: „Was machen wir, wenn wir herausfinden, dass mein Onkel kein Spinner war? Was machen wir, wenn wir heute Nacht feststellen, dass es diese besonderen Räume tatsächlich gibt?"

Felix schüttelt den Kopf. „Ich habe doch bereits von allen Räumen Fotos gemacht. In keinem der Räume habe ich etwas Seltsames gesehen."

„Weil du die Bilder tagsüber aufgenommen hast." Ich halte an und wir steigen aus. Über das Dach des Polos hinweg sage ich: „Du vergisst, dass mein Onkel diese Phänomene nur in der Nacht beobachtet hat."

Felix antwortet nicht, sondern runzelt nur die Stirn. Wir gehen in den Laden und sehen uns nach geeignetem Equipment um.

Als wir HAUS MARIANNE erreichen, haben wir zwei starke Taschenlampen mit Ersatzbatterien, einen Fotoapparat mit Blitzlicht und eine Videokamera im Gepäck. Auf dem Weg hier heraus haben wir noch einen kurzen Zwischenstopp bei Notar Müller eingelegt. Alles verläuft wie gewünscht und der Erbschaft steht nichts mehr im Wege. Auch die Banken kooperieren, so dass schon sehr bald mit dem Geld zu rechnen ist.

Da es erst früh am Nachmittag ist, gehen Felix und ich zunächst in Hans' Büro, in dem ich mich mittlerweile sehr heimisch fühle. Wir breiten unsere Einkäufe – zu denen auch einige Lebensmittel gehören – auf dem Schreibtisch aus und setzen uns auf die Stühle.

Felix zückt einen Stift und nimmt sich ein Blatt Papier. „Wir sollten einen Plan anfertigen. Sowohl einen Gebäudeplan als auch einen Zeitplan, in den wir eintragen können, was wir in den einzelnen Zimmern sehen."

Ich nicke. Doch bevor ich etwas erwidere, nehme ich,

da sich der kleine Zeiger meiner Uhr der vier nähert, eine Tablette aus meinem kleinen Döschen und schlucke sie mit etwas Wasser herunter. „Ich gestalte den Lageplan des Gebäudes. Entwirf du den Zeitplan!"

Felix nickt nur und ich kann sehen, wie seine Augen der kleinen Dose folgen, die ich in meiner Handtasche verschwinden lasse. Wir nehmen uns jeder einige Bögen Papier und erstellen unsere Pläne. Nach einer Viertelstunde sind wir beide fertig. Ich lege meine Skizze zur Seite und stehe auf.

„Ich denke, ich gehe mal eine Runde am Strand spazieren. Die feuchte Luft hier macht mich noch ganz krank." Ich warte nicht ab, dass Felix fragt, ob er mitkommen darf, sondern verlasse sofort den Raum.

Ich gehe lange allein am Strand entlang. Das Rauschen der Wellen beruhigt meine wirren Gedanken, die allzu oft in Richtungen abdriften, die mir nicht guttun. Aber das immer wiederkehrende Rauschen der Wellen tut mir gut. Es fühlt sich an, als würde mit jedem brechenden Wellenkamm heilende Salbe über den Riss in mir gestrichen.

Ich lege mich in den Sand und lasse meinen Gedanken freien Lauf. Hier draußen muss ich keine Angst haben, dass sie zu meinem Exmann hinübergleiten oder sich gar noch schlimmere Pfade suchen. Ich schließe meine Augen und konzentriere mich auf das sanfte Rauschen der Wellen.

Felix schüttelt mich sanft an der Schulter und holt mich so langsam zurück ins Tageslicht. Die Sonne steht jetzt tiefer. Ich reibe meine Augen und sehe Felix an. Er lächelt.

„Hast du gut geschlafen?" Er hilft mir hoch und reicht mir meine Schuhe, die ich mir wohl im Halbschlaf selbst ausgezogen habe. „Ich hatte mir schon Sorgen um dich gemacht." Als Antwort auf meinen fragenden Blick sagt er: „Es ist jetzt fast acht Uhr. Du warst drei Stunden weg."

„Dann sollten wir schnell zurückgehen. Ich habe Hunger."

Felix reicht mir einen Apfel. Ich nehme ihn. Er würde bis zum Hotel den größten Hunger stillen.

„Ich habe eben über meinen Onkel nachgedacht", teile ich meine Gedanken mit Felix. „Was ist, wenn er sich in all seinem Wahn doch etwas angetan hat? Oder wenn er hinaus ins Meer gegangen ist? Dann wäre er tatsächlich tot. Was wäre aber, wenn er noch am Leben wäre? Vielleicht hat er sich nur ins Ausland abgesetzt. Vielleicht hat er das Hotel nicht mehr ertragen. Schließlich verbindet er viele schlimme Erinnerungen mit diesem Haus – seien es reale Erinnerungen oder eingebildete."

Felix schüttelt den Kopf. „Du vergisst seinen letzten Eintrag. Er würde dorthin gehen, wo es ihn schon seit Tagen hinzieht. Für mich klingt das nicht nach den karibischen Inseln, sondern nach diesem ominösen Zimmer 5."

Wir erreichen das Hotel. „Darüber muss ich zuerst noch einmal nachdenken", erwidere ich. Felix hält mir die Tür auf und wir gehen nach hinten ins Büro. „Was machen wir jetzt noch bis zum Einbruch der Nacht?"

„Wir könnten zunächst einmal etwas essen", schlägt Felix vor. „Danach könntest du mir erzählen, was du in den vergangenen acht Jahren alles gemacht hast."

Nachdem wir zusammen gegessen haben und ich Felix nicht die Wahrheit über meine Vergangenheit erzählt habe, bin ich wieder und wieder von Zimmer zu Zimmer gegangen und habe mir jedes Zimmer exakt eingeprägt. Außerdem habe ich von jedem Raum drei Aufnahmen mit der neuen Kamera gemacht. Jetzt sitzen wir unten in der Lounge und trinken Wasser. Felix wollte auf Wein verzichten, da er – zu Recht – anmerkte, wir benötigten in dieser Nacht einen klaren Kopf. Also trinken wir Wasser.

Wir haben uns auf folgende Vorgehensweise geeinigt. Wir beginnen um halb zwölf damit, alle Räume nacheinander zu öffnen und wieder zu verschließen. Von jedem Raum machen wir pro Öffnung mindestens eine Aufnahme. Die Videokamera halten wir bereit für den Fall, dass einer der Räume merkwürdig erscheint. Dieses Prozedere wiederholen wir bis um halb eins. Dann fahren wir zurück nach Lübeck in unsere Pension. Zusätzlich macht jeweils einer von uns zu jedem Raum Notizen in die beiden angefertigten Pläne.

Soweit der Plan. Obwohl wir alles durchdacht haben, bemerke ich, wie ich gegen elf Uhr langsam nervös werde. Also gehe ich vor das Hotel und rauche fünf Zigaretten. Nach jedem Zug sehe ich auf meine Armbanduhr. Die letzte Zigarette werfe ich nach der Hälfte weg, da es bereits wenige Minuten vor halb zwölf ist. Ich gehe ins Hotel, in dem Felix bereits auf mich wartet. In seinen Händen hält er die beiden großen Taschenlampen. Den Fotoapparat hat er sich um die Brust gehängt. Die Videokamera liegt auf dem Fußboden. Felix gibt mir eine der Taschenlampen und ich nehme die Videokamera an mich. Dann gehen wir gemeinsam nach oben in die zweite Etage.

Wir beginnen bei Zimmer 8. Das Zimmer ist exakt so, wie ich es in Erinnerung habe. Trotzdem macht Felix eine Fotoaufnahme. Ich notiere in dem Zeitplan „alles normal". Als Nächstes inspizieren wir Zimmer 6, in dem einmal ein Koffer verschwunden sein soll. Felix schießt auch hier von der Tür aus mehrere Fotos. Dann schließen wir die Tür und gehen weiter zu Zimmer 5. Angeblich soll dieses Zimmer mysteriös sein, aber als ich die Tür öffne, sieht alles so aus, wie ich es vor einer Stunde vorgefunden habe. Als wir im ersten Stock bei Zimmer 1 ankommen, ist es gerade zwanzig Minuten vor zwölf geworden. Laut den Aufzeichnungen meines Onkels haben die Räume sich erst ab circa viertel vor zwölf verändert. Felix und ich gehen wieder nach oben zu Zimmer 8. Alles verläuft exakt so wie beim ersten Mal. Jedes Mal notiere ich „alles normal" in meinem Zeitplan. Die Videokamera bleibt ausgeschaltet. Als wir wieder im ersten Stock bei Zimmer 1 ankommen, ist es fünf Minuten vor Mitternacht. Theoretisch müsste jetzt etwas passieren. Doch es hat sich nichts verändert.

„Gehen wir's erneut an." Felix schließt die Tür zu Zimmer 1 wieder. Wir gehen zurück zur Treppe und er deutet nach oben. „Nach Ihnen." Er grinst. Ich lächle ihm zuliebe kurz und gehe dann die Treppe hoch.

Vor Anspannung merke ich nicht, dass ich immer schneller werde. Auf halber Höhe drehe ich mich zu Felix um. „Wenn etwas passiert, dann in diesem Durchlauf." Er nickt nur. Ich drehe mich wieder um und will weiter nach oben eilen, doch auf der drittletzten Treppenstufe rutsche ich mit dem linken Fuß ab und knicke um.

Der Schmerz sticht in meinen Knöchel und ich schreie auf. Ich lasse mich nach vorne fallen und stütze mich auf der obersten Treppenstufe mit beiden Händen ab. Dann setze ich mich hin. Sofort ist Felix neben mir.

„Verdammt!" Da ich nicht wirklich gut im Fluchen bin, fällt mir nur dieses eine Wort ein: „Verdammt!"

Felix kniet sich auf die Treppe und will nach meinem Fuß tasten.

„Lass den Blödsinn!", blaffe ich ihn an. „Geh nach oben und kontrolliere die Räume. Ich komme schon allein zurecht."

Er sieht mich an. „Bist du dir sicher?" Er blickt nach unten auf meinen Fuß.

„Geh schon. Uns läuft die Zeit davon!"

Felix steht auf, nickt und geht nach hinten, zu Zimmer 8. Ich höre, wie er die Tür öffnet, ein Foto schießt und die Tür wieder schließt. Dann ein paar Schritte. Er muss jetzt vor Zimmer 5 stehen. Wieder wird der Schlüssel im Schloss gedreht. Wieder öffnet sich die Tür mit einem leisen, kaum wahrnehmbaren Quietschen. Wieder wird ein Foto geschossen. Wieder wird die Tür verschlossen. Wieder nichts.

„Ich gehe nach unten!", rufe ich in Richtung Zimmer 6. Ohne eine Antwort abzuwarten, bewege ich mich sitzend Stufe für Stufe nach unten. Auf halbem Weg überholt mich Felix.

„Da ist rein gar nichts." Ohne eine Erwiderung abzuwarten, geht er weiter nach unten. Ich rutsche ebenfalls weiter die Treppe hinab. Als ich unten angekommen bin, geht Felix wieder an mir vorbei nach oben.

„Immer noch nichts. Ich mache noch genau diesen einen Durchgang", ruft er mir zu.

Ich arbeite mich die zweite Treppe hinunter.

Am Fuß der Treppe angekommen, hüpfe ich vorsichtig auf einem Bein in die Lounge. Dort lasse ich mich auf einen der Lederstühle fallen. Vorsichtig lege ich meinen

Fuß auf einen anderen Stuhl. Erst jetzt ziehe ich langsam das Hosenbein nach oben und betrachte meinen Knöchel. Da ich trotz des Taschenlampenlichtes nichts erkennen kann, ziehe ich vorsichtig den Schuh aus. Sofort sehe ich, dass der Knöchel angeschwollen ist. Ich knipse die Lampe aus und warte im Dunkeln.

Nach etwa fünf Minuten höre ich Felix, der die Treppe heruntergeht. Ich schalte die Lampe wieder ein und leuchte in seine Richtung. Geblendet von meinem Lichtstrahl schirmt er mit seiner linken Hand seine Augen ab.

„Und, hast du etwas gefunden?" In der ansonsten dunklen Halle klingt meine Stimme unglaublich laut.

„Nein, da ist absolut nichts." Felix deutet mit seiner Taschenlampe auf meinen Fuß. „Der sieht aber überhaupt nicht gut aus. Soll ich dich ins Krankenhaus fahren?"

Ich schüttle den Kopf. „Nein, heute will ich nur noch in mein Bett. Zum Arzt gehe ich frühestens morgen."

Felix hilft mir auf und stützt mich auf dem Weg zum Auto. Ich setze mich auf den Beifahrersitz. Felix geht noch einmal ins Hotel zurück, um die Essensreste zu holen. Als er nach einem kurzen Augenblick wieder zurückkommt, spüre ich kaum noch Schmerzen in meinem Fuß. Das üble Stechen ist einem fast schon angenehmen Pulsieren gewichen.

„Keines der Zimmer hat sich irgendwie verändert. Auf dem letzten Durchgang habe ich jedes Zimmer zweimal direkt hintereinander inspiziert. Da war absolut nichts." Felix gestikuliert wild mit den Händen, während er den Wagen auf der Landstraße um die Kurven lenkt. „Ich habe sogar einige der Zimmer betreten. Alles war wie all die Tage zuvor."

Da der Schmerz wiederkehrt, schlage ich mein linkes Bein über das rechte Knie. Jetzt, da der Fuß völlig unbelastet ist, verspüre ich fast gar keinen Schmerz. Felix sieht mich dennoch kritisch an. Um ihn von der Idee, mich noch in dieser Nacht in ein Krankenhaus zu bringen, abzubringen, sage ich schnell: „Es geht schon. Ich brauche nur ein wenig Ruhe."

Er nickt nur und, da es nicht mehr weit bis zur Pension ist, schweigen wir. In Lübeck angekommen, parkt Felix den Polo am Straßenrand und steigt aus. Er geht um das Auto herum und öffnet meine Tür. Dankbar greife ich nach seiner Hand und ziehe mich aus dem Auto heraus. Ich lege meinen linken Arm um seine Schulter und hüpfe neben ihm auf einem Bein hoch zu meinem Zimmer.

Dort angekommen, ziehe ich den Schlüssel aus meiner Handtasche und schließe die Tür auf. Als ich mich zu Felix umdrehe, um ihm eine gute Nacht zu wünschen, nimmt er mich sanft in seine Arme. Doch ich schiebe ihn energisch von mir weg. Ich bringe nur ein Wort heraus: „Nein."

Dann drehe ich mich um und hinke in mein Zimmer. Ich verschließe die Tür und lehne mich mit dem Rücken dagegen. Als ich meine Augen schließe, sehe ich meinen Exmann, der mir wieder und wieder den Rücken zukehrt. Sofort schlägt mein Herz schneller und das Blut hämmert von innen gegen meine Schläfen. Ich konzentriere mich auf die Dunkelheit vor meinen Augen und beschwöre die rauschenden Wellen des Meeres herauf. Sofort kann ich die stetige Brandung hören. Ich höre, wie das Wasser auf den Strand zuläuft und schließlich wieder zurückfließt, nicht ohne feine Spuren zu hinterlassen.

Mit einem Mal kehrt Ruhe ein. Ich hinke zu meinem Bett und lasse mich fallen.

Kapitel 2 – Mias Idee

Als ich aufwache, spüre ich kaum noch Schmerzen in meinem Fuß. Der Knöchel ist nicht mehr so dick angeschwollen wie noch am Abend zuvor. Dafür sitzt mir jetzt ein Kloß im Hals, den ich auf das bevorstehende Gespräch mit Felix zurückführe.

Ich versuche am Morgen direkt auf Felix zuzugehen. Es fällt mir schwer, ihm in die Augen zu sehen. Da ich nicht die ganze Wahrheit sage – und sie vielleicht noch nicht einmal selbst kenne –, erkläre ich ihm, dass ich mich trotz der Scheidung immer noch an meinen Mann gebunden fühle. Ich sehe den Zweifel in seinen Augen.

Wir frühstücken gemeinsam. Danach fahren wir mit der Kamera zu dem kleinen Fotoladen, in dem Felix schon die Polaroid gekauft hat, und geben die Filme zur Entwicklung. Der Verkäufer verspricht uns, sich zu beeilen, und gibt uns unseren Abholschein. Nach dem Besuch beim Fotoladen fahren wir zu einem Arzt, der sich meinen Knöchel ansieht und mir eine Salbe verschreibt. Wir lösen das Rezept in einer Apotheke ein und ich lege mir noch während der Fahrt zum Hotel einen Verband an. Am Haus angekommen gehe ich vorsichtig in mein Büro. Dort setze ich mich an den Schreibtisch und hole eine Kopie der Kontoauszüge meines Onkels aus der Handtasche. Felix ist mir gefolgt und setzt sich auf den zweiten Stuhl.

„Ich habe gestern Abend über vieles nachgedacht." Ich sehe Felix direkt ins Gesicht. Seine Augen zucken leicht, woraus ich schließe, dass er denkt, ich hätte über ihn nachgedacht. „Was hältst du von der Idee, das Hotel wieder zu eröffnen?"

Stille. Felix sieht mich fassungslos an. „Wie bitte?"

Wieder Stille. Nach einer langen Pause fragt er: „Du willst diesen Schrotthaufen wirklich wieder auf Vordermann bringen? Weißt du, was das kosten wird?"

Ich nicke. „Ich kann es mir zumindest vorstellen. Aber wir sind auch – wenn ich dich daran erinnern darf – steinreich. Die Konten wurden auf uns übertragen, das Geld ist verbucht, die Steuer ist bezahlt."

Felix lacht leise auf. „Ich darf dich daran erinnern, dass zumindest ein Teil des Geldes aus unsauberen Geschäften stammt. Was willst du tun, wenn das eines Tages auffliegt? Denkst du, du kannst dann einfach sagen, du hättest von nichts gewusst?"

Ich warte, bis er sich beruhigt hat. „Ich bin mir dessen sehr wohl bewusst, aber ...", ich hole tief Luft, bevor ich weiterrede, „ich vermute, dass du ebenso wenig wie ich in dein altes Leben zurückkehren willst. Soweit ich weiß, hast du deinen Job hingeworfen. Ich habe letzte Woche ebenfalls meine schriftliche Kündigung eingereicht. Ich brauche diesen Neuanfang."

Felix steht der Mund offen. Als er es bemerkt, schließt er ihn verlegen. Dann fährt er sich nervös mit den Händen über seine Knie.

„Ich werde diesen Plan umsetzen. Mit dir oder ohne dich", bekräftige ich noch einmal.

Felix steht auf und geht im Büro umher. „Du weißt schon, dass das Hotel laut Testament mir gehört? Du müsstest es mir schon abkaufen."

Ich sehe ihn verstört an. Ich will gerade etwas erwidern, als er kurz auflacht. „Du musst wissen, dass ich bereits ähnliche Gedanken hatte", erklärt er. „Aber ich bin immer noch sehr skeptisch. Was passiert, wenn wir auffliegen?"

„So wie ich das sehe, begehen wir kein Verbrechen. Das Einzige, was man uns vorwerfen kann, ist, dass wir das Erbe angenommen haben."

Felix bleibt wieder stehen und setzt sich verkehrt herum auf den Stuhl.

„Ich bitte dich als Freund, mich bei dieser Angelegenheit zu unterstützen", sage ich. Ich hoffe, dass diese Wortwahl bei Felix bewirkt, dass er sich an die Bitte meines Onkels erinnert, die er vor so langer Zeit ausgeschlagen hat.

Felix schweigt. Ich schweige zurück. Es ist so still, dass ich mir einbilde, ich könnte das Ticken meiner Armbanduhr hören.

„In Ordnung." Diese beiden Worte durchschneiden die Stille und ich spüre, wie mein Herz für einen Schlag aussetzt. Ich lasse mir meine Freude und Erleichterung über seine Zusage jedoch nicht anmerken.

„Ich bleibe hier und wir werden gleichwertige Geschäftspartner", bekräftigt Felix. Er steht auf und reicht mir die Hand. „Außerdem übernehme ich die Organisation der Bauleitung."

Ich nicke zustimmend und stehe ebenfalls auf.

„Dann sollten wir sofort starten", erkläre ich.

Als Felix das Büro verlassen hat und ich allein an meinem Schreibtisch sitze, lasse ich meine Gedanken freien Lauf. Wie gern hätte ich Felix etwas aus meiner Vergangenheit erzählt, als er mich danach gefragt hat. Ich weiß selbst nicht mehr, wieso ich ihm meine Geschichte vorenthalten habe.

Jetzt, wo ich die Tür zu früher geöffnet habe, kommen die Erinnerungen in mir hoch, die ich all die Jahre erfolgreich zurückgedrängt habe.

Meine Mutter war erst vor vier Wochen durch einen Autounfall gestorben und ich sah nachts immer noch ihr Gesicht, wenn sie mich in meiner Traumwelt anlächelte. Mein Vater durchlebte zu dieser Zeit seine ganz persönliche Hölle: Nachts weinte er ununterbrochen, tagsüber arbeitete er ohne Unterlass und abends saß er einfach nur in der Wohnung und starrte die Wand an. Nachdem er diese Routine die letzten Wochen einstudiert hatte, verfrachtete er mich eines Morgens zu meinem Onkel. Ich vermutete, er ertrug es nicht mehr, dass er mich mit seinem Trübsinn und seiner Trauer zu sich herabzog. Ich stellte mir manchmal vor, wie er sich in seiner Trauer sein eigenes Grab schaufelte und je tiefer er grub, desto trauriger wurde er und desto wütender führte er die Schaufel.

Aber nach einiger Zeit schien es meinem Vater wieder besser zu gehen. Er hatte sich einen kleinen Blumenkasten für den Balkon gekauft, in dem er ein paar kleine lächerliche Pflanzen wachsen ließ. Letzte Woche fragte ich ihn das erste Mal, welche wichtigen Termine er jedes Wochenende in Hamburg wahrnehmen müsse. Er wich mir sehr ungeschickt aus. Ich ließ ihn im Glauben, ich hätte seine Ausreden geschluckt und fuhr übers Wochenende wieder zu meinem Onkel und meiner Tante.

Ich hatte mich soeben von meinem Vater verabschiedet, als das Taxi, das ich mir bereits zuhause bestellt hatte, um die Ecke bog. Mein Vater stieg in seinen Wagen und ich tat so, als ginge ich zu Onkel Hans. Tatsächlich aber drehte ich nach wenigen Schritten um und rannte zu dem Taxi. Ich drückte dem Fahrer einen Fünfziger als Anzahlung in die Hand und wies ihn an, meinem Vater zu folgen.

Die Fahrt nach Hamburg dauerte etwas über eine Stunde und ich beobachtete voller Panik die ansteigende Zahl auf dem Taxameter. Als wir in Hamburg schließlich anhielten, da mein Vater seinen Wagen geparkt und verlassen hatte, meinte der

Taxifahrer nur: „Eigentlich dürfte ich dich in so einer Gegend nicht herauslassen." Aber ich war schon ausgestiegen und hörte ihn nicht mehr.

Ich stand mitten auf der Reeperbahn und ich sah gerade noch, wie mein Vater um eine Hausecke verschwand. Ich lief hinter ihm her. Was ich dann sah, erweckte in mir eine Wut und eine tiefe Enttäuschung: Mein Vater schritt durch den Durchgang zur Herbertstraße. Als er aus meinem Blickfeld verschwunden war, sah ich nur noch den großen roten Warnhinweis „Kein Zutritt unter 18 Jahren".

Ich drehte mich auf dem Absatz um und machte mich auf den Weg zum Bahnhof. Ich würde mit dem Zug zurück nach Lübeck fahren und meinem Onkel irgendeine Ausrede auftischen, wieso ich so spät bei ihm aufkreuzte. Als ich durch die Straßen rannte, liefen meine Tränen ungehindert über mein Gesicht. Es war mir egal. Und tief in mir drinnen wusste ich, dass mein Vater mir ab sofort ebenfalls egal war. Er hatte nicht nur meine Mutter betrogen, sondern auch mich.

Ein leises Klopfen an der Tür reißt mich aus meinen Gedanken. Die Tür geht auf und Felix steckt den Kopf herein.

„Ich habe mir gerade gedacht, wir könnten Herr Müller fragen, ob er für uns eine Geschäftsvereinbarung aufsetzen kann.", sagt er. „Ich denke, dass uns das sehr hilfreich sein könnte."

Mir gefällt dieser Vorschlag. Also stimme ich zu und wir fahren zurück in die Stadt.

Herr Müller freut sich sehr, uns wiederzusehen. Felix trägt ihm unser Anliegen vor.

„Selbstverständlich kann ich für Sie etwas aufsetzen. Frau Geier wird sich gleich morgen darum kümmern", verspricht er. „Wenn Sie gestatten, würde ich mir ihr Projekt dann gerne – sobald es fertiggestellt ist – einmal ansehen."

Wir verabschieden uns von dem Notar und fahren direkt weiter in den Fotoladen. Unsere Bilder sind bereits fertig entwickelt, doch auf keinem der Bilder ist etwas Auffälliges zu entdecken.

Nachdem wir uns die Bilder angesehen haben, fragt Felix den Verkäufer, ob er kurz telefonieren darf.

„Klar, kein Problem – solange Sie dafür zahlen."

Er führt Felix nach hinten in sein Büro. Während die beiden weg sind, sehe ich mir die ausgestellten Kameras an.

Nach ein paar Minuten kommt Felix wieder nach vorne.

„Ich habe mit der Telefongesellschaft telefoniert", berichtet er. „Du glaubst ja nicht, wie schnell die einem einen Termin geben können, wenn man erwähnt, dass man Hotelbesitzer ist. Die Dame am Telefon hat mir versprochen, dass sie so schnell wie möglich einen Techniker zu uns schicken wird."

Wir verabschieden uns von dem Fotoverkäufer und steigen ins Auto.

„Wir könnten versuchen, die Schreinerei zu engagieren, die schon damals für deinen Onkel gearbeitet hat." Felix spricht den Gedanken aus, den ich auch schon hatte.

Ich starte den Wagen und fahre los. Felix beschreibt mir den Weg. Die Schreinerei erweist sich als eine kleine Firma, die auf einem umzäunten Gelände steht.

Felix geht voraus, da er das Gelände bereits kennt. Er spricht lange mit dem Besitzer der Firma, einem Mann namens Erik Simon. Die beiden scheinen sich von früher zu kennen. Währenddessen setze ich mich auf eine Holzbank und lege meinen Fuß in eine möglichst angenehme Position.

Vom Büro des Schreiners aus rufe ich bei einer Putz-firma an und erkundige mich nach den Preisen für eine Gebäudereinigung.

Wir verabschieden uns von Herr Simon und gehen zu meinem Wagen zurück. Auf dem Weg zurück nach Brodten decken wir uns mit Lebensmitteln ein.

Ich sehe aus dem Seitenfenster hinaus, während Felix den Wagen lenkt.

„Wir sollten auf jeden Fall noch eine Firma mit der Ent-rümpelung des Hauses beauftragen", meint Felix. „All die vermoderten Möbel kann man nicht mehr gebrauchen."

Ich stimme Felix zu.

Im Hotel angekommen, arbeitet jeder für sich. Ich ver-liere mich wieder in den Unterlagen, während Felix Ideen sammelt, wie wir die einzelnen Räume des Hotels gestal-ten können.

Wir arbeiten bis spät in die Nacht. Als wir wieder in Lü-beck in unseren Zimmern sind, lege ich mich ohne Abend-essen ins Bett. Meine Gedanken gleiten wieder in die Ver-gangenheit, diesmal ist es eine andere Vergangenheit.

Kurz bevor ich einschlafe, sehe ich meinen Mann vor mir. Er wendet sich von mir ab. Gestern hat er zum er-sten Mal gesagt, dass er es nicht mehr mit mir in einem Raum aushält. Ich bin hinter ihm hergegangen, doch er hat sich im Badezimmer eingeschlossen. Ich habe ihm durch die Tür zugerufen, dass ich eine weitere Therapie machen werde, doch er hat nur geschwiegen.

Die Bedeutung seines Schweigens war deutlich: Eine Therapie würde nichts verändern.

Am nächsten Morgen fahren wir schon früh hinaus zum Hotel. Felix hat mit Erik einen Rundgang vereinbart. Ich warte unterdessen vor dem Eingang auf den Techniker der Telefongesellschaft. Ich suche mir einen Platz im Schatten und setze mich auf die steinernen Treppenstufen. Meinen linken Fuß kann ich bereits wieder vorsichtig belasten. Was auch immer der Arzt mir verschrieben hat, es wirkt wahre Wunder.

Ich sitze noch nicht lange auf der Treppe, als das blaue Auto des Technikers am Ende der Straße erscheint. Ich stehe auf und gehe vorsichtig auf den Parkplatz. Der Mann, der aussteigt, ist viel jünger, als ich ihn mir vorgestellt habe. Er stellt sich als Peter Will vor und zerquetscht beinahe meine rechte Hand. Als ich das Gesicht vor Schmerz leicht verziehe, entschuldigt er sich mit einem Grinsen im Gesicht.

Wir gehen nach hinten zu den beiden Büroräumen. Auf dem Weg dorthin sieht Peter sich interessiert um. „Da haben Sie aber noch jede Menge Arbeit vor sich."

„Das stimmt wohl. Aber wir sind uns dessen bewusst", erwidere ich. Schnell füge ich hinzu: „Dennoch freuen wir uns auf die Arbeit, die vor uns liegt."

Als wir im Büro angekommen sind, sucht der Techniker einen Moment nach den Anschlüssen. Als er sie schließlich gefunden hat, dreht er sich zu mir um und sagt: „Das wird einen Augenblick dauern. Wenn Sie wollen, können Sie mich solange allein lassen." Auf mein Zögern hin fügt er hinzu: „Keine Sorge, ich stehle Ihnen bestimmt nichts."

Einige Tage später kommt eine Firma, die die meisten der alten Möbel abtransportieren wird. Felix und ich haben sie gestern direkt mit unserem neu freigeschalteten Telefon angerufen und den Termin vereinbart. Außerdem beginnen Eriks Angestellte damit, eines der beiden Büros leerzuräumen. Die Büroräume sollen als Erstes renoviert werden, damit Felix und ich vernünftige Arbeitsplätze haben.

Gegen zwölf Uhr fahren vier Lastwagen vor. Aus jedem der großen Ungetüme steigen drei Männer aus. Sie lassen sich von Felix und mir zunächst das Haus zeigen. Dann geht Felix mit ihnen jeden Raum durch und gibt ihnen Anweisungen, welche Möbel sie abtransportieren sollen. Am Abend sind die vier Zimmer der zweiten Etage fast völlig leer.

Gott sei Dank sind die Heizungen funktionsfähig und die neuen Fenster halten die Wärme drinnen. Ich sitze seit mehreren Wochen jeden Tag einige Stunden in meinem Büro und schreibe Stellenausschreibungen für die Zeitung. Außerdem telefoniere ich täglich mehrmals mit dem Arbeitsamt und erkundige mich, ob es Nachfragen zu den von uns ausgeschriebenen Stellen gibt. Von den neun Stellen, die wir für das Hotel und den Restaurantbetrieb eingeplant haben, ist bisher nur die der Rezeptionistin besetzt.

Saskia Jörgensen ist eine aufgeweckte junge Frau, die sich angeboten hat, mir noch vor Eröffnung des Hotels bei allerlei organisatorischen Angelegenheiten zu helfen. Sie macht ihre Arbeit mehr als gut. Da Felix die meiste Zeit auf der Baustelle ist, bleibt vieles von dem, was er eigentlich zu erledigen hätte, an mir hängen. Aber dank Saskias Hilfe bin ich diesen Aufgaben gewachsen.

Sie ist es auch, die an einem Mittwochmorgen freudestrahlend verkündet, es habe sich endlich jemand auf die Stelle als Hausmeister beworben.

„Das ist doch einmal eine gute Nachricht", platzt es aus mir heraus. „Lass uns die Bewerbungen gemeinsam durchgehen."

„Ich muss dich enttäuschen, aber es handelt sich um nur eine einzige Bewerbung."

Ich lasse mir meine Enttäuschung nicht anmerken, sondern sage nur: „Dann sehen wir uns eben nur eine Bewerbung an."

Ich lasse mir die Bewerbungsunterlagen geben und blättere sie durch. Norbert Fey ist schon Anfang fünfzig. Da er bereits so alt ist, möchte ich diese Entscheidung nicht allein fällen. Ich gehe nach oben und suche Felix. Er macht gerade Aufnahmen von dem ersten fertiggestellten Zimmer: Zimmer Nr. 8. Als ich an den Türrahmen klopfe, senkt er die Kamera.

„Was gibt's?" Er schießt drei weitere Fotos. Dann sieht er die Bewerbungsmappe in meiner Hand. „Hat sich endlich noch jemand beworben?"

Ich nicke.

„Hoffentlich jemand, den wir gebrauchen können", bemerkt er.

„Nun ja, es handelt sich um einen etwas älteren Elektriker, der sich auf die Stelle als Hausmeister beworben hat."

Felix greift nach der Mappe. „Wie alt?"

„Fünfzig. Aber er scheint wirklich gute Qualifikationen zu haben. Er hat fast lückenlos gearbeitet. Und das nur bei großen Firmen."

Felix überfliegt die einzelnen Seiten.

„Und er hat bereits in einem Krankenhaus als Hausmeister gearbeitet", füge ich hinzu.

Felix klappt die Mappe zu. „Ich denke, er ist zu alt. Wir

sollten warten, bis sich jemand anderes auf die Stelle bewirbt."

Ich bin enttäuscht. An Felix Gesichtsausdruck kann ich erkennen, dass es mir nicht gelungen ist, es vor ihm zu verbergen.

„Du weißt nicht, wie schwer es ist, Personal zu beschaffen. Du schießt hier oben nur ein Foto nach dem anderen, schraubst ab und an mal ein Brett fest und hältst dich für den König der Baustelle. Saskia und ich telefonieren uns tagtäglich die Finger wund und geben eine Annonce nach der anderen auf. Und jetzt hat sich endlich einmal jemand beworben, der von seinen Qualifikationen wie geschaffen für uns ist, und dann lehnst du ihn unbesehen ab." Ich merke, wie ich mich langsam in Rage rede.

Felix und ich haben uns in der letzten Zeit immer häufiger gestritten. Wobei Streit das falsche Wort ist, es hat sich vielmehr ein rauer Unterton zwischen uns entwickelt. Anfangs konnte man noch vieles als kleine Stichelei abtun, aber immer häufiger nehmen wir die bissigen Kommentare des jeweils anderen persönlich.

Ich merke, dass ich Felix Unrecht getan habe. „Es tut mir leid." Mehr bringe ich zunächst nicht zustande. Erst als ich die Müdigkeit in seinem Blick sehe, füge ich hinzu: „Ich wollte deine Leistung nicht schmälern. Ich wollte dich nicht verletzen."

„Es ist schon gut." Er gibt mir die Bewerbungsmappe zurück. „Vielleicht sollten wir ihn wirklich zu einem Gespräch einladen. Möglicherweise kann er uns schon im Vorfeld bei der Einrichtung helfen."

Vor Freude über sein Einlenken umarme ich Felix. Dann drehe ich mich um, lasse ihn wie angewurzelt stehen und gehe nach unten in mein Büro. Erst als ich die

Tür hinter mir zuwerfe, merke ich, dass ich urplötzlich vor Wut zittere. Ich zwinge mich zur Ruhe und allmählich hört das Zittern auf.

Als ich abends im Bett liege, fällt es mir immer noch schwer, mich zu beruhigen. Ich falle in einen nervösen Schlaf.

Mein Problem war schon immer, dass ich phasenweise richtig gute Laune habe, bevor ich mich selbst und meine gesamte Umwelt wieder in die Tiefe ziehe.

Anfangs habe ich noch fest daran geglaubt, dass es die Krankheit ist, die mich und meine Ehe zerstört hat. Aber nach den ersten drei Ehejahren wurde mir klar, dass ich es war, die alles mitriss in die tiefe Grube, die ich mir in meiner Verzweiflung gegraben hatte.

Mein Mann und ich haben uns die letzten Wochen nur angeschrien und dann endlich die Notbremse betätigt und uns getrennt. Ich war mir sicher, dass sich durch die Trennung das eigentliche Problem nicht geändert hat. Erst nach einiger Zeit habe ich erkannt, dass es eigentlich mein Mann war, der die Grube gegraben hatte, weil er mich immer wieder angetrieben hatte, schneller und tiefer zu graben.

Ich wünschte, ich könnte dieses Leben noch einmal leben. Nur anders.

Mittlerweile kommen jeden Tag neue Möbellieferungen. Unsere neue Putzfrau Merve gibt die Anweisungen, in welches Zimmer die Einzelteile gestellt werden sollen, und Felix und Norbert Fey bauen die Möbel im Akkord auf.

Draußen entsteht eine neue Terrasse, auf der ein steinerner Grill gebaut wird. Dieser Grill war Felix' Idee.

Meine Aufgabe besteht jetzt darin, einen Koch zu finden, der im Sommer draußen Grillgerichte zubereitet. Da uns inzwischen mehrere Bewerbungen pro Woche erreichen, kann ich mich vor Vorstellungsgesprächen kaum retten. Für heute hat sich ein junger Koch aus Dänemark angekündigt. Da wir unbedingt noch einen zweiten Koch brauchen, bereite ich mich auf dieses Gespräch vor. Ich sehe auf die Uhr und stelle fest, dass ich noch circa eine Stunde Zeit habe. Also gehe ich noch einmal nach draußen, um ein wenig frische Luft zu schnappen.

Am Abend sitze ich mit Felix in der kleinen Wohnung, die wir mittlerweile bezogen haben, und trinke ein Glas Wein. Ich sehe aus dem Fenster auf die leeren dunklen Straßen von Brodten und lasse meine Gedanken schweifen. Felix berichtet mir von den Fortschritten auf der Baustelle.

„Wir sind jetzt mit fast allen Zimmern durch."

Ich gebe ein interessiert klingendes „Hmm" von mir.

„Wir haben beinahe jedes Zimmer mit Möbeln ausgestattet."

Felix redet noch weiter. Vor lauter Müdigkeit höre ich kaum zu. Als er geendet hat, sieht er mich an und bemerkt, dass ich über etwas nachdenke. „Was ist los?"

„Ich habe nur darüber nachgedacht, dass wir doch eigentlich die Wohnung hier kündigen und uns jeder ein Zimmer im Hotel nehmen könnten." Ich mache eine Pause. „Es ist nicht so, dass ich nicht mit dir zusammenwohnen möchte, aber ich denke, wir brauchen jeder eine eigene Wohnung – oder eben ein eigenes Zimmer im HAUS MARIANNE."

„Das klingt logisch. Nur solltest du bedenken, dass wir nur insgesamt 14 Zimmer zur Verfügung haben. Wenn wir zwei dieser Zimmer belegen, bedeutet das, dass wir weniger Gäste haben werden. Und weniger Gäste bedeuten weniger Einnahmen."

Ich winke ab. „Auf Geld müssen wir ja wohl am wenigsten achten. Aber weniger Gäste bedeuten auch weniger Stress und vielleicht sogar weniger Personal."

Ich merke, dass Felix noch am Zweifeln ist, als füge ich hinzu: „Wir würden natürlich zwei der kleinsten Zimmer nehmen. Zum Beispiel die Zimmer 3 und 4. Die Nummerierung lassen wir einfach weiterlaufen."

Vielleicht bilde ich es mir ein, aber ich entnehme seiner Haltung, dass er nicht mehr ganz so stark abgeneigt ist.

„Wir könnten immer so lange arbeiten, wie wir wollen. Schließlich ist der Weg nach Hause nicht weit."

„Aber gleichzeitig wäre die Arbeit immer da", wirft Felix ein. „Auch wenn du abends entspannen möchtest, ist sie da."

Wir diskutieren an diesem Abend noch fast eine Stunde. Doch als ich mich spät in der Nacht in mein Bett lege, habe ich ein gutes Gefühl. Nur eines lässt mich dennoch nicht los.

Ich träume. Ich träume von einem Leben ohne meinen Mann, ohne die Krankheit, ohne den Tod meiner Mutter. Ich habe mir oft vorgestellt, wie es wohl wäre, all die Entscheidungen noch einmal zu treffen, aber ich habe diese Gedanken immer als Fantastereien abgetan, die ihren Platz in der Literatur oder im Kino haben. Doch nun wächst in mir ein Gedanke. Ich kriege ihn nicht mehr zu fassen, ehe ich einschlafe.

Am nächsten Morgen verkündet mir Felix, dass er mit meiner Idee einverstanden ist. Ich notiere mir, dass ich im Büro die Kündigung für diese Wohnung schreiben muss.

Als ich mein Büro betrete, strahlt Saskia mich an: „Wir haben die ersten Buchungen für den Sommer erhalten."

Sie reicht mir ein Fax. Es handelt sich um eine Anfrage eines kleinen Reisebüros.

„Außerdem haben noch drei weitere Gäste angerufen und für die Eröffnungswoche reserviert."

Ich laufe mit dieser erfreulichen Nachricht direkt zu Felix, der mich vor Freude kurz in den Arm nimmt. Ich lasse es zu. Dann gehe ich zurück in mein Büro. Ich setze mich an meinen Schreibtisch und rufe in der Küche an.

Unser Chefkoch Herbert meldet sich mit seiner mürrischen Stimme: „Was gibt's?"

„Herbert, könnten Sie bitte kurz in mein Büro kommen?"

Ich lege auf und zünde mir eine Zigarette an. Wenige Sekunden später klopft Herbert an. „Treten Sie ein."

Er kommt herein und setzt sich unaufgefordert auf einen der zwei Stühle.

„Wie schätzen Sie die Leistungen des jungen Viggo ein?"

Herbert räuspert sich. „Mit Verlaub gesagt: Er wird anfangs noch echte Probleme haben, aber so wie ich ihn einschätze, ist er fähig und wird sehr schnell noch einiges lernen."

„Gut. Ich möchte, dass Sie gemeinsam mit Viggo eine Speisekarte entwerfen. Denken Sie sich fünf Gerichte aus. Dazu Vor- und Nachspeisen." Ich drücke meine Zigarette im Aschenbecher aus. „Und danach werden Sie und Viggo jedes dieser Gerichte jeden Tag kochen. Und zwar einen Monat lang."

Er nickt.

„Um die Kalkulation kümmere ich mich", fahre ich fort. „Sie kümmern sich nur darum, dass das Essen schmeckt."

Er nickt erneut.

„Ich würde sagen, Sie bekochen uns das erste Mal am Sonntag. Sie haben also noch vier Tage Zeit."

Herbert verabschiedet sich in die Küche und ich widme mich wieder meinen Papieren.

Ich mache seit Tagen nichts anderes, als gemeinsam mit Thomas Schäfer, unserem neuen Barkeeper, Bücher in Regale einzuräumen. Felix gefiel der Gedanke, die Lounge und den Barbereich wieder in eine Art Lesesaal zu verwandeln. Also hatten wir kistenweise Bücher gekauft. Bestsellerromane ebenso wie Handbücher und Lexika. Während Thomas die Bücher aus den Kisten in die Regale stellt, versehe ich sie mit einem Stempel und einem kleinen Aufkleber. Danach trage ich jeden Titel in eine Liste ein.

„Wenn Sie mich fragen, ist es genau jetzt Zeit für einen Drink." Thomas schwitzt aufgrund der Arbeit und der Hitze. „Soll ich Ihnen auch etwas zusammenmixen?"

Da ich mich erst noch daran gewöhnen muss, dass Thomas schon nachmittags Alkohol trinkt, lehne ich dankend ab: „Nein danke. Aber Sie dürfen sich gerne einen Schluck genehmigen."

Wir arbeiten noch den ganzen Nachmittag und Abend an den Büchern. Der größte Teil der Zeit wird dabei von der Katalogisierung in Anspruch genommen. Schließlich sitzen wir mit der gesamten Belegschaft gemeinsam bei Wein und Bier auf der Terrasse und unterhalten uns.

Als es immer dunkler wird, sehe ich auf meine Armbanduhr: Es ist halb zwölf. Ich stehe auf und versuche dabei nicht allzu hektisch zu wirken. „Ich gehe jetzt schlafen." Ich versuche in Felix' Augen zu erkennen, ob er misstrauisch geworden ist. „Morgen wird wieder ein langer und anstrengender Tag."

Ich lege meine Decke zusammen und gehe ins Haus. Drinnen renne ich beinahe die Treppe hinauf. Oben bleibe ich vor Zimmer 4 stehen und sehe auf die Uhr. Elf Uhr vierunddreißig. Ich öffne die Tür und betrete mein Zimmer.

Mein Herz klopft immer noch, als ich mich in mein Bett fallen lasse. Ich träume wirres Zeug.

Was wäre, wenn die Beobachtungen meines Onkels der Realität entsprächen? Müsste es dann nicht möglich sein, durch eine Tür in die Vergangenheit zu reisen und somit alle Entscheidungen meines Lebens – die guten und die schlechten – ungeschehen zu machen?

Ich spiele einige Zeit mit diesem Gedanken und male mir aus, was ich alles anders machen könnte. Aber es würde auch bedeuten, dass ich Felix und das Hotel und alles sonst hinter mir lassen müsste. Ich merke, dass ich zu lange darüber nachdenke. Wer zu lange nachdenkt, wird schließlich zögern, und wer zögert, verliert.

Viggo entlädt gerade sein Auto und trägt die Steaks nach hinten in die Küche. Ich stehe am Hintereingang und rauche meine vierte Zigarette an diesem Tag. Je mehr die Eröffnung des Hotels näher rückt, desto mehr rauche ich. Als Viggo wieder nach draußen kommt, um eine weitere Fleischladung in die Küche zu bringen, kommt Felix hinter ihm hergelaufen. Er stellt sich neben mich und sieht Viggo bei seiner Arbeit zu. Dann hält er ihm die Tür auf und wartet, bis er im Gebäude verschwunden ist.

Als die Tür ins Schloss fällt, rückt er endlich heraus mit der Sprache: „Hast du Angst vor deinem Zimmer?"

Er macht eine Pause und wartet offensichtlich auf eine Antwort. Aber ich ziehe einfach weiter an meiner Zigarette.

„Denkst du, es ist mir nicht aufgefallen, dass du versuchst, nur zu bestimmten Zeiten in dein Zimmer zu gehen? Oder sollte ich besser sagen, zu bestimmten Zeiten nicht in dein Zimmer zu gehen?"

Ich lasse meine Zigarette fallen und zertrete sie mit dem Absatz: „Na schön, ich habe mir angewöhnt, nicht zwischen viertel vor und viertel nach zwölf in mein Zimmer zu gehen. Was ist schon dabei?"

Ich sehe ihn leicht verärgert an, nur um mich im nächsten Moment selbst dafür zu hassen, dass ich ihn so angefahren habe, obwohl er sich nur um mich sorgt.

„Ich habe keine Angst davor, durch die Zeit zu reisen. Ich habe nur Angst davor, ich könnte irgendwann dem gleichen Wahnsinn verfallen wie mein Onkel." Ich zünde mir eine neue Zigarette an. „Es ist die Nervosität. Jetzt, wo wir unmittelbar vor der Eröffnung stehen, drehen meine Nerven langsam durch."

„Vielleicht könntest du deine Angst etwas lindern, wenn du einfach heute Nacht um Mitternacht in dein Zimmer gehst", schlägt Felix vor.

Ich schüttle den Kopf. „Das werde ich nicht tun. Nicht jetzt, wo es gerade so gut läuft." Ich öffne die Tür. „Danke, dass du dich um mich sorgst. Aber ich komme allein zurecht."

Ich gehe nach drinnen in mein Büro. Dort bin ich allein. Nur ich und der leere Raum.

Kapitel 3 – Der Gast

Die ersten Gäste empfingen wir mit einem großen Grill-
büfett auf unserer Terrasse. Es war bestes Wetter und
auch sonst hätte dieser Tag nicht besser laufen können.
Wir waren bis auf ein Zimmer völlig ausgebucht, was frei-
lich bei gerade einmal zwölf zur Verfügung stehenden
Zimmern nicht viel zu sagen hatte. Lediglich Zimmer 5
stand in der ersten Zeit leer.

Saskia und ich wechseln uns an der Rezeption ab. Meistens übernimmt Saskia die Abend- und Nachtschichten,
während ich tagsüber die Rezeption von meinem Büro
aus im Auge behalte. Felix steht nur sehr selten hinter
dem Tresen.

Er sieht seine Aufgaben vielmehr in der direkten Betreuung der Gäste – wie er den täglichen Kontakt zu ihnen
nennt. Obendrein sorgt er sich gemeinsam mit Herbert
um die Einkäufe der Küche und hilft dem Hausmeister
bei der Instandhaltung der unzähligen Maschinen im
Keller.

Da Saskia wie gewohnt die Nachtschicht an der Rezeption
übernommen hat, löse ich sie früh morgens ab. Wie üb-
lich ist zu dieser Uhrzeit noch nicht besonders viel los, da
die meisten Gäste noch schlafen. Einzig Herr Müller aus
Zimmer 7 kommt so früh zum Frühstücken nach unten.

Felix sitzt bereits hinten im Büro. Als er mich sieht,
kommt er nach vorne und fragt: „Ich gehe kurz in die
Küche. Soll ich dir ein Frühstück mitbringen?"

„Das wäre hervorragend. Ich habe einen Bärenhunger."

Als er geht, kommt ein Gast die Treppe herunter. Er trägt einen kleinen Koffer und hat einen Hut auf dem Kopf. Mit kleinen vorsichtigen Schritten kommt der ältere Herr an die Rezeption.

„Guten Morgen Fräulein."

Ich lächle ihn an. „Guten Morgen!"

Er hebt kurz seinen Hut. „Ich wollte nicht unhöflich sein. Es ist nur so, dass ich Ihrem Kollegen gestern Abend eigentlich zugesagt hatte, dass ich heute in der Früh Ihr Hotel verlasse, doch ich fühle mich heute nicht besonders gut."

Ich ziehe den aufgeschlagenen Belegungsplan zu mir. Aus den Augenwinkeln kann ich keinen Gast finden, der nur bis heute gebucht hat. Ich nehme mir vor, am Abend Saskia zu befragen, doch dann fällt mir ein, dass der Herr von einem Kollegen gesprochen hat. Er kann nur Felix gemeint haben.

„Das ist überhaupt kein Problem, Herr ..."

„Schmidt. Meinhardt Schmidt."

„Es ist überhaupt kein Problem, Herr Schmidt." Ich bin leicht irritiert, da ich diesen Namen nicht in der Liste der Gäste finden kann. „Wir haben noch ein Zimmer frei. Wenn Sie wollen, kann ich Zimmer 5 für Sie buchen." Ich lächle ihn an und sehe, dass er ein wenig kränklich aussieht. Ich erinnere mich, dass er gesagt hat, es ginge ihm nicht gut. „Ich kann Ihnen außerdem einen Arzt kommen lassen. Oder wünschen Sie vielleicht einen Tee?"

„Ein starker Kaffee wäre mir lieber. Ich hole ihn mir gleich im Frühstücksraum." Er hebt seinen Koffer vom Boden auf und will sich umdrehen.

„Herr Schmidt, Sie müssten zunächst noch Ihr Anmeldeformular unterschreiben."

Er stellt den Koffer ab und sieht mich leicht verwundert an. „Ist das wirklich für eine weitere Nacht nötig?"

Ich will etwas erwidern, aber er nimmt schon den Stift zur Hand und unterzeichnet das Formular.

Als er gehen will, halte ich ihn ein weiteres Mal auf. „Wären Sie so freundlich und würden Sie bitte die weiteren Angaben zu Ihrer Person ausfüllen?"

Er sieht mich verständnislos an.

„Die benötigen wir für Ihre Rechnung", erkläre ich ihm.

Fast schon widerwillig füllt er die drei von mir mit einem Kreuz markierten Felder aus. Dann legt er den Stift auf den Tresen, nimmt seinen Koffer und geht in Richtung Restaurant. Als er durch die Tür verschwindet, kommt gerade Felix mit einem Tablett heraus. Er gerät ein wenig ins Stocken und bleibt dann ganz stehen. Er steht wie angewurzelt in der kleinen Eingangshalle und starrt ins Leere. Ich winke ihm zu, wodurch er aus seinem Tagtraum gerissen wird. Mit hastigen, fast unkontrollierten Schritten kommt er zu mir und stellt das Tablett so ruckartig ab, dass der Kaffee aus der kleinen Kanne überschwappt.

„Hast du diesen Mann gesehen?" Er starrt mich mit weit aufgerissenen Augen an. „Weißt du, wer das ist?"

Ich nehme eine Serviette und wische den Kaffee auf. „Natürlich weiß ich, wer das ist. Herr Schmidt hat ja vor genau einer Minute hier bei mir ein Zimmer gebucht."

„Herr Schmidt?"

„Ja, Herr Schmidt aus München. Er hat für eine Nacht gebucht." Ich zeige mit meinem Finger auf die entsprechende Spalte in dem Reservierungsbuch. „Aber so kränklich, wie er aussieht, kann ich mir vorstellen, dass er noch ein paar Tage länger bleibt."

Ich sehe Felix in die Augen. Auf seiner Stirn hat sich Schweiß gebildet. „Was ist denn los mit dir?"

Er winkt ab. „Nichts weiter. Ich bin nur etwas übermüdet." Dann hebt er das Tablett wieder an und geht nach hinten in sein Büro. „Komm, lass uns frühstücken."

Während des Frühstücks beobachte ich Felix genau. Ich bin mir sicher, dass er mich angelogen hat. Irgendwie werde ich das Gefühl nicht los, dass er Herrn Schmidt erkannt hat, oder zumindest glaubt, ihn erkannt zu haben. Aber wieso sollte ihn ein normaler Gast so aus der Fassung bringen?

Wir schweigen uns zunächst nur an, bis ich es nicht mehr aushalte und ihn direkt frage: „Wieso hat dich der Anblick unseres Gastes so sehr aus der Bahn geworfen?"

Felix sieht nicht einmal von seinem Teller auf, als er mich anlügt. „Mich hat nichts aus der Bahn geworfen. Ich bin nur schrecklich übermüdet. Dir geht es doch genauso."

Damit hat er zwar recht, aber ich spüre, nein ich weiß, dass hinter seinem seltsamen Verhalten mehr steckt. Ich überlege mir eine neue Strategie.

„Wir arbeiten jetzt schon fast zwei Jahre zusammen und du kannst mir immer noch nicht vertrauen? Ich habe doch gesehen, wie du diesem Mann hinterher gestarrt hast."

Er sieht mich immer noch nicht an. Anscheinend bin ich auf dem richtigen Weg.

„Was ist es, das du mir nicht anvertrauen kannst?", bohre ich nach.

Er legt sein Messer zur Seite und sieht mich an. „Ich kann es dir jetzt noch nicht sagen. Ich muss zuerst noch etwas überprüfen." Er nimmt einen Schluck Kaffee. „Aber jetzt möchte ich nicht darüber reden."

Ich nicke. Ich weiß, dass ich im Moment nicht mehr aus ihm herausbekomme. Schweigend frühstücken wir weiter. Nach einer Weile wird die Stille durch das leise Klingeln unserer Glocke an der Rezeption unterbrochen. Endlich.

Felix vergräbt sich bis zum Mittagessen in seinem Büro. Er geht nur einmal kurz nach vorne ins Restaurant, um eine weitere Kanne Kaffee zu holen. Ich bin mehrmals versucht, an seine Tür zu klopfen und ihn nochmals auf sein seltsames Verhalten anzusprechen, doch immer wieder werde ich davon abgehalten. Gegen Mittag ruft eine junge Frau an und erkundigt sich bei mir, ob es noch ein freies Zimmer für die kommende Woche gibt. Das einzige Zimmer, das nicht ausgebucht ist, ist Nr. 5. Ich reserviere ihr das Zimmer und notiere mir, dass ich Herrn Schmidt darauf ansprechen muss, dass er nur noch drei Tage bleiben kann. Er hat zwar angegeben, dass er nur für eine Nacht bleiben möchte, aber bei seinem kränklichen Zustand kann ich mir nicht vorstellen, dass er morgen Früh abreisen wird.

Um kurz nach eins klopfe ich dann an Felix' Bürotür. Da er sich nicht meldet, öffne ich einfach die Tür. Felix sitzt an seinem Schreibtisch und ist über einen Stapel ungeordneter Papiere gebeugt.

„Möchtest du etwas essen?"

Er sieht nicht auf.

„Viggo hat etwas für uns gekocht."

Jetzt legt er seinen Stift zur Seite und hebt den Kopf.

„Ich glaube, es gibt Suppe", teile ich ihm mit und erstarre, als ich Felix' Gesichtsausdruck sehe. Er sieht schrecklich aus. In seinen Augen liegt ein irres, beinahe wahnsinniges Funkeln. Ich schließe die Bürotür und gehe zu ihm hinüber.

„Großer Gott, Felix. Geht es dir gut?" Da sich diese Frage erübrigt, schiebe ich direkt hinterher: „Natürlich geht es dir nicht gut. Du bist völlig verschwitzt."

Irgendetwas zerbricht in ihm. Seine Schultern fallen nach unten. Sein Kopf folgt ihnen. Dann schiebt er mir ein Blatt Papier zu. Darauf befindet sich die Porträtzeichnung eines Mannes. Darunter steht ein Name: Martin Stolz.

„Wer ist das?", frage ich. Der Name kommt mir bekannt vor. Irgendwo in meinem Kopf läutet ganz leise eine Alarmglocke. Ich überlege, woher ich den Namen kenne, kann mich aber nicht erinnern.

„Das ist Martin Stolz. Oder wie du ihn nennst: Meinhardt Schmidt."

Ich sehe mir die Zeichnung genauer an. „Das soll Herr Schmidt sein?" Ich habe mir unseren Gast nicht aufmerksam genug angesehen, um darüber ein Urteil zu fällen, stelle aber fest: „Möglich wäre es." Langsam lege ich die Zeichnung wieder auf den Schreibtisch. „Aber der Name passt nicht. Hier steht Martin Stolz."

Wieder höre ich dieses leise Klingeln in meinem Gedächtnis. Woher kenne ich diesen Namen?

„Dann wohnt er hier eben unter einem falschen Namen." Felix stockt kurz. „Natürlich. Er hat sogar die gleichen Initialen gewählt. M.S. Martin Stolz oder Meinhardt Schmidt."

„Verrätst du mir bitte, wer Martin Stolz sein soll und woher du dieses Bild hast?"

Felix wühlt in seinen Papieren herum. „Ich habe sogar noch ein Bild von ihm." Er zieht eine kleine alte Fotografie hervor. Das Foto ist vergilbt und schon fast verblasst. Auf dem Foto sieht man einen jungen Mann, der eine Uniform trägt. Am Kragen der Uniform befinden sich die Zeichen der Waffen-SS.

Als ich das Bild ansehe, fällt es mir wie Schuppen von den Augen: „Das Manuskript."

Felix nickt.

„Dein Onkel erwähnt ihn mehrmals in seinen Büchern. Er war der frühere Besitzer dieses Hauses. Und dein Onkel hat ihn um eine große Summe Geld betrogen." Ich bemerke eine Akte auf Felix' Schreibtisch. Vorne auf dem Deckel steht nur die Zahl „1967". Felix folgt meinem Blick. „Dein Onkel bat mich, im Sommer 1967 nach drei Männern Ausschau zu halten. Einer von ihnen war Martin Stolz."

„Und du glaubst, dieser Stolz ist jetzt nach all den Jahren hierhergekommen, um was zu tun? Meinen Onkel zur Rede zu stellen?"

Felix schüttelt den Kopf. „Ich denke, er will weit mehr als das. Ich glaube, er will deinen Onkel töten."

„Wieso sollte er das tun? Er ist ein alter Mann. Und mein Onkel ist schon längst tot."

„Das weiß er aber noch nicht. Hat er dich bereits nach dem Geschäftsführer gefragt?"

Ich verneine. „Er hat nur so wirres Zeug geredet. Angeblich hat er gestern Abend schon mit dir gesprochen. Aber er war gestern ja noch gar nicht da."

Felix beißt sich nachdenklich auf die Unterlippe. Als er es bemerkt, nimmt er einen Bleistift und kaut darauf herum.

„Ich werde mir Herrn Schmidt jedenfalls noch einmal genauer ansehen. Dann erst kann ich beurteilen, ob es sich um deinen Herrn Stolz handelt oder ob du einem Hirngespinst hinterherjagst", beschließe ich unser Gespräch.

„Tu, was du nicht lassen kannst", erwidert Felix. „Aber versprich mir, dass du ihm nicht zu nahekommst. Wenn ich recht habe, ist er ein gefährlicher Mann."

Ich gehe nach draußen auf die Terrasse in der Hoffnung, Herrn Schmidt dort anzutreffen. Tatsächlich sitzt er allein an einem Tisch, liest in einem Buch und trinkt ab und zu einen Schluck Kaffee.

„Guten Tag Herr Schmidt, darf ich Sie kurz stören?"

Er sieht immer noch etwas kränklich aus, ist aber nicht mehr so blass.

„Natürlich dürfen Sie stören. Setzen Sie sich."

Ich bleibe stehen.

„Es geht um Ihre Reservierung. Sie haben heute Morgen nur für die kommende Nacht gebucht. Haben Sie dennoch die Absicht, länger zu bleiben?"

Schmidt legt das Buch zur Seite. „Ich denke, dass ich morgen abreisen werde. Wieso fragen Sie?"

„Wir haben schon wieder eine neue Anfrage für Ihr Zimmer erhalten. Das ist alles."

„Dann will ich dieser Reservierung nicht im Wege stehen." Er macht eine Pause, die beinahe so lange ist, dass ich mich schon verabschieden und zurück an die Rezeption gehen will. Schließlich sagt er: „Richten Sie Ihrem Geschäftsführer doch bitte aus, dass ich bis morgen Nachmittag bleiben werde. Ich habe noch etwas zu erledigen, bevor ich abreisen kann."

Er lässt mich nicht mehr zu Wort kommen und ihm erklären, dass ich einer der beiden Geschäftsführer bin, sondern nimmt bereits wieder sein Buch auf. Also drehe ich mich um und gehe zurück ins Haus.

„Ich halte ihn für einen völlig harmlosen alten Mann", erkläre ich.

Felix schüttelt den Kopf.

„Ich habe mich draußen auf der Terrasse mit ihm unterhalten. Dabei habe ich ihn mir ganz genau angesehen. Es mag schon sein, dass er vor vielleicht 50 Jahren einmal eine gewisse Ähnlichkeit mit diesem Herrn Stolz gehabt hat, aber dieser Mann da draußen ist nicht Martin Stolz."

„Was macht dich da so sicher?", hakt Felix nach. „Das Alter passt. Ich schätze Herrn Schmidt auf etwa 80 oder vielleicht auch 85 Jahre ein."

„Er ist 88 Jahre alt. Das weiß ich aus seinen Anmeldedaten."

Felix tippt mit seinem Mittel- und Zeigefinger auf den Tisch. „Da hast du es." Er deutet auf das Foto. „Für mich ist das ein und dieselbe Person. Er ist hier, weil er sich an Hans rächen will." Er zeigt mit dem Finger auf mich. „Du hast selbst gesagt, dass er nach dem Geschäftsführer verlangt hat. Er weiß nur noch nicht, dass Hans nicht mehr lebt."

„Das ist doch alles Irrsinn. Aber anscheinend kann man mit dir nicht mehr reden."

Ich stehe auf und gehe nach nebenan in mein Büro. Da ich gleichzeitig die Rezeption im Auge behalten muss, kann ich meine Tür nicht schließen und so nehme ich wahr, wie Felix sein Büro verlässt und durch die Hintertür des Hotels nach draußen geht.

Ich greife zum Telefon und rufe in der Küche an. Viggo meldet sich.

„Viggo, können Sie für einen Moment nach vorne kommen?"

Er ruft irgendetwas durch die Küche, dann antwortet er. „Ich komme sofort."

Viggo kommt wirklich sofort. Ich habe kaum Zeit, mir eine Zigarette anzuzünden, als er schon in meiner Tür steht.

„Was kann ich für Sie tun, Frau Wiegand?"

Ich ziehe an der Zigarette und beruhige mich.

„Gehen Sie bitte schnell nach draußen und sehen Sie nach, was Felix tut. Aber passen Sie bitte auf, dass er Sie nicht sieht. Sollte er Sie dennoch sehen, sagen Sie ihm einfach, Sie müssten mit ihm über die Einkäufe sprechen."

„Ich soll Herrn Mandel beobachten? Oder soll ich lieber sagen: Beschatten?", fragt Viggo überrascht.

„Nennen Sie es, wie Sie wollen. Erstatten Sie mir nur nachher Bericht darüber, was er so treibt."

Viggo schüttelt seinen Kopf. „Das ist nicht gut. Sie müssen mit ihm reden, wenn Sie ihm nicht trauen."

„Ich vertraue ihm ja. Es ist etwas anderes. Gehen Sie jetzt und bleiben Sie möglichst unentdeckt."

Nach etwa einer Stunde klopft Viggo erneut an meine Bürotür. Ich lasse ihn herein und schließe die Tür. Wir setzen uns hin und ich sehe ihn fragend an.

„Herr Mandel hat sich zunächst mit allen möglichen Gästen unterhalten. Ich konnte das sehr gut beobachten, da ich mich am Grill aufgehalten habe. So hat er mich zwar gesehen, sich aber bestimmt nichts dabei gedacht." Viggo ist clever.

„Mit wem hat er sich alles unterhalten? Hat er nur mit einer Person gesprochen, oder mit vielen?"

„Er ist von Tisch zu Tisch gegangen. Er hat mit fast allen gesprochen, außer mit dem alten Mann, der allein an einem Tisch saß."

Jetzt werde ich hellhörig. Ich versuche mir nichts anmerken zu lassen, habe aber keine große Hoffnung, dass mir das gelingt.

„Seltsam war, dass er sofort aufgehört hat, mit den Gästen zu sprechen, als der alte Mann aufgestanden und zum Strand hinuntergegangen ist. Herr Mandel ist ihm langsam gefolgt", fährt Viggo fort.

Meine Befürchtung hat sich also bewahrheitet. Felix hat sich in die fixe Idee verrannt, es könnte sich bei Herrn Schmidt um jenen Martin Stolz handeln, den Hans in seinen Notizbüchern erwähnt und über den er offensichtlich eine Akte angefertigt hat. Sollte er richtig liegen, würde das bedeuten, dass ein ehemaliger Nazisoldat in unserem Hotel Urlaub macht.

„Ich danke Ihnen, Viggo. Sie können jetzt wieder in die Küche gehen."

Viggo steht auf und geht nach hinten in die Küche. Ich stehe ebenfalls auf und gehe nach nebenan. Da sich niemand auf mein Klopfen hin meldet, gehe ich davon aus, dass Felix noch immer draußen ist. Leise öffne ich die Tür. Ich komme mir vor wie ein Dieb.

Auf dem Tisch liegen immer noch die in Unordnung geratenen Blätter, die ursprünglich in der Aktenmappe gelegen haben. Ich nehme mir erneut das Foto und die Porträtzeichnung. Beide Bilder zeigen ein und denselben Mann. Zwischen den Bildern liegen vielleicht vier oder maximal fünf Jahre. Mir fällt sofort das linke Auge auf, das ein wenig eingefallen wirkt. Ich versuche, mir Herrn

Schmidts Gesicht in Erinnerung zu rufen, kann mich jedoch an kein eingefallenes Augenlid erinnern.

Draußen höre ich Schritte. Ich lege die Bilder zurück auf den Schreibtisch und drehe mich um, um schnell nach nebenan zu gehen, als die Tür geöffnet wird. Felix tritt ein und sieht mich fassungslos an.

„Was machst du hier?" Er setzt sich an den Schreibtisch und sieht seine Papiere durch. „Hast du meine Sachen durchwühlt?"

Ich zwinge mich, ruhig zu bleiben, da er offenbar aufgebracht ist.

„Ich habe mir nur noch einmal die beiden Bilder ansehen wollen", antworte ich ihm. „Ich war mir unsicher, ob du nicht doch recht hast."

Felix holt die Bilder hervor. „Siehst du es jetzt ein? Siehst du, dass er genauso aussieht wie dein Herr Schmidt?"

Wieder muss ich mich dazu zwingen, nicht die Fassung zu verlieren und meinen Freund und Geschäftspartner anzuschreien. „Ich denke nicht, dass er es ist. Aber ich werde ihn mir nachher noch einmal genauer ansehen." Dann beschließe ich, alles auf eine Karte zu setzen. „Wo bist du gewesen?"

„Ich war nur kurz mit dem Auto in der Stadt. Wir brauchen neue Handtücher für die Toilette in der Bar."

Ich schlucke kurz. Dann drehe ich mich um, gehe in mein Büro und hoffe, dass Felix nicht bemerkt hat, dass ich seine Lüge durchschaut habe.

Als am Abend Saskia ins HAUS MARIANNE kommt, nehme ich sie kurz zur Seite: „Könntest du mir bitte einen Gefallen tun?" Ich warte gar nicht erst auf ihre Antwort. „Kannst du für mich morgen meine Schicht übernehmen?

Ich löse dich heute Nacht um vier Uhr ab, dann kannst du bis um sieben Uhr in meinem Zimmer schlafen. Danach muss ich eventuell schnell weg."

Erst jetzt lasse ich Saskia zu Wort kommen: „Natürlich. Zur Not kann ich auch noch nachts etwas schlafen. Es ist ja nicht so, dass dauernd jemand anruft und etwas von mir will."

Ich bedanke mich und gehe nach nebenan zu Felix, um ihn zu fragen, ob er mit mir zu Abend essen möchte.

„Nein danke, ich habe keinen Hunger." Seine Antwort klingt zu ablehnend, als dass ich mir einreden könnte, er wäre nicht böse auf mich. Ich werde später mit ihm reden müssen.

Jetzt gehe ich zunächst nach nebenan ins Restaurant und lasse mir von unserem Kellner Max einen Salatteller bringen. Ich setze mich so, dass ich möglichst alle Gäste im Blick habe. Einige der Gäste grüßen mich freundlich, andere nicken mir nur kurz zu. Eigentlich ist es immer Felix, der sich abends unter die Gäste mischt.

Gerade als ich anfange, meinen Salat zu essen, kommt Herr Schmidt zur Tür herein. Ich lächle ihm freundlich zu und konzentriere mich auf sein linkes Auge. Vielleicht bilde ich es mir nur ein, aber es scheint tatsächlich so, als sei sein linkes Augenlid ein wenig eingefallen. Ich schüttle meinen Kopf, um mich auf diese Weise davor zu bewahren, demselben Irrsinn zu verfallen wie Felix.

Nachdem ich meinen Salat aufgegessen habe, stehe ich auf und gehe nach vorne, um mir eine Tasse Kaffee einzuschenken. Auf dem Weg dorthin sehe ich Herrn Schmidt genauer an. Er ist gerade über einen Fleischteller gebeugt, so dass ich leider sein Gesicht nicht genau sehen kann. Ich versuche, mir so viele Details wie möglich einzuprägen, aber außer dem linken Auge fällt mir nichts Besonderes auf. Und gerade eben dieses Auge ist momentan nicht zu sehen.

Als ich mit meiner Tasse Kaffee zurück zu meinem Tisch gehe, sieht Herr Schmidt mich genau an. Er lächelt. Sein linkes Augenlid hängt ein wenig herab. Ich halte den Atem an. Dann zwinge ich mich dazu, ihn ebenfalls anzulächeln.

Ich lausche an Felix' Tür, bis ich mir sicher bin, dass er am Arbeiten ist. Dann gehe ich nach oben in die zweite Etage und schließe die Tür zum Stauraum auf. Ich schiebe den Putzwagen zur Seite und arbeite mich langsam nach hinten durch. Ganz am Ende des schmalen Raumes ist ein Regal an der Wand angebracht. In diesem Regal verstauen wir die alten Rechnungsbücher von Hans in einer großen Kiste. Ich öffne die Kiste und suche mir die zwei letzten Buchungsbücher heraus. Dann stelle ich die Kiste wieder in das Regal und verlasse den Raum so, wie ich ihn vorgefunden habe.

Da ich morgen in aller Früh aufstehen werde, lege ich mich schon früh zu Bett. Ich schalte die Nachttischlampe ein und öffne das erste der beiden Bücher. Es umfasst den Zeitraum von 1979 bis 1980. Ich überfliege die Einträge. M.S. In meinem Kopf klingelt es. Martin Stolz. Meinhardt Schmidt. Mieser Schurke.

Langsam fallen mir die Augen zu. Ich muss mich immer öfter darauf konzentrieren, nicht einzuschlafen. Reihe um Reihe, Zeile für Zeile sehe ich mir die Einträge an. Dann sehe ich den Eintrag. Ich kann nicht glauben, was ich dort lese: „Meinhardt Schmidt – Zimmer 5 – Ankunft 05.07.1981 – voraussichtliche Abreise 08.07.1981"

Kapitel 4 – Das Ende

Ich löse Saskia um fünf Uhr an der Rezeption ab. Seit gestern beschäftigt mich die Frage, wieso Herr Schmidt vor fünf Jahren schon einmal im HAUS MARIANNE übernachtet hat. Fast genau am selben Tag. Um zu überprüfen, ob es sich um einen bloßen Zufall handelt oder nicht, werde ich morgen sämtliche Buchungsbücher durchsehen. Möglicherweise stellt sich heraus, dass er immer zur gleichen Zeit im HAUS MARIANNE Urlaub gemacht hat.

Jetzt sitze ich unten an der Rezeption und versuche zu erahnen, was heute passieren wird. Felix' Zustand – seine Verwirrtheit – schien sich gestern Abend gesteigert zu haben. Ich befürchte, dass er heute im Verlaufe des Tages irgendeine Dummheit begehen wird.

Ich sehe auf die Uhr. Es ist jetzt schon fast sechs Uhr. Ich habe also eine Stunde lang nur herumgesessen und die Wand angestarrt. Da ich davon ausgehe, dass in den nächsten Minuten niemand nach unten kommen wird, beschließe ich, einen Blick in Felix' Büro zu werfen. Leise und vorsichtig öffne ich die Tür. Erstaunt stelle ich fest, dass Felix mit dem Kopf auf dem Schreibtisch liegt und schläft. Ich schließe die Tür wieder und klopfe leise an.

Ich höre, wie Felix sich drinnen aufsetzt. „Ja bitte?"

Ich öffne die Tür.

„Guten Morgen Felix. Ich wusste nicht, dass du hier bist." Da mir keine andere Ausrede für mein frühes Eintreten einfällt, sage ich: „Ich wollte mir noch einmal das Foto ansehen, das du gestern auf deinem Schreibtisch liegen hattest."

Es ist mir unangenehm, meinen Freund so zu belügen, aber ich kann ihm schließlich nicht gestehen, dass ich eigentlich sein Büro durchsuchen wollte.

Er reicht mir das Bild. „Ich frage mich die ganze Zeit, was er hier will. Wieso kommt er nach all den Jahren hier her?" Felix starrt irgendwo ins Leere. „Er muss von Römers Tod gewusst haben."

„Wer ist tot?", frage ich.

„Was ist mit Thoman?" Felix starrt ins Leere, während er leise mit sich selbst redet.

Langsam wird es mir zu viel. „Von wem redest du?" Ich rüttle an seiner Schulter, um ihn aus seiner Starre zu befreien. „Wer sind Thoman und Römer? Und wieso ist einer von ihnen tot?"

Felix befreit sich aus meinem Griff und steht auf. „Ich brauche jetzt einen Kaffee."

Mit einem Mal sieht er wieder völlig klar aus. Er geht aus seinem Büro hinaus. Ich folge ihm in die Küche. Herbert bereitet gerade das Frühstück vor. Felix schenkt sich eine große Tasse Kaffee ein. Ich nehme ebenfalls eine.

„Ich habe etwas über Herrn Schmidt herausgefunden.", sage ich.

Felix sieht mich erstaunt an.

„Guck doch nicht so! Ich wollte nur überprüfen, ob an deiner Theorie etwas dran ist."

Ich mache eine Pause und trinke einen Schluck. Dabei beobachte ich Felix' Gesicht genau. Offensichtlich kann er es kaum abwarten, meine Neuigkeit zu erfahren.

„Er war schon einmal Gast in diesem Hotel. Vor fünf Jahren. Fast auf den Tag genau."

„Er war schon einmal hier?"

Felix wirkt mit einem Mal ganz aufgeregt.

„Was ist, wenn er etwas mit Hans' Verschwinden zu tun hat? Was ist, wenn er ihn getötet hat? Vielleicht haben sie diesmal ihn geschickt, weil Römer damals versagt hat."

Als ich Felix' wirres Gerede höre, bereue ich, ihm dieses Detail verraten zu haben. Aber er scheint sich direkt wieder zu fangen.

„Ich denke jedoch immer noch nicht, dass es sich bei Meinhardt Schmidt um diesen Martin Stolz handelt", werfe ich ein. „Aber ich mache dir einen Vorschlag. Wenn er nachher unten sein Frühstück einnimmt, gehen wir hoch in sein Zimmer und sehen uns vorsichtig um. Vielleicht finden wir ja etwas Auffälliges."

Mit diesem Vorschlag – der mir selbst große Bauchschmerzen bereitet – gibt sich Felix zufrieden. Wir decken uns jeder noch mit ein paar Brötchen ein und gehen dann wieder nach vorn. Ich bitte ihn kurz, für mich die Stellung an der Rezeption einzunehmen und gehe nach draußen, um eine Zigarette zu rauchen.

Die Angst vor dem, was heute alles passieren kann, macht mich nervös.

Schmidt kommt erst um acht Uhr zum Frühstück. Da mittlerweile Saskia wieder an der Rezeption sitzt, höre ich nur durch Zufall, dass er erst am Abend abreisen möchte. Als er ins Restaurant verschwindet, klopfe ich an Felix' Tür und trete ein. „Herr Schmidt ist gerade eben zum Frühstück gegangen." Felix steht von seinem Schreibtischstuhl auf. „Außerdem plant er, bis heute Abend zu bleiben."

„Das ist gut. So bleibt mir mehr Zeit, herauszufinden, was er hier eigentlich will."

Felix nimmt seinen Generalschlüssel aus der Schreibtischschublade. Dann verlassen wir gemeinsam das Büro und gehen nach oben.

Zimmer 5 ist aufgeräumt. Offensichtlich hat Herr Schmidt bereits seine Sachen zusammengepackt. Auf dem Nachttisch liegen nur noch seine Uhr und William Goldings „Herr der Fliegen". Ich nehme das Buch in die Hand und blättere es durch. Es ist ein Exemplar aus unserem Lesesaal. Das einzig Persönliche an diesem Buch ist eine Visitenkarte, die Schmidt als Lesezeichen verwendet. „Hubert Taber aus München. Das sagt mir gar nichts. Kannst du etwas mit diesem Namen anfangen?" Ich reiche Felix die Visitenkarte.

„Natürlich. Hans Thoman. H.M. Hubert Taber. Er muss es sein."

Ich höre nur mit einem halben Ohr hin, da mein Blick auf Schmidts Uhr gefallen ist. Sie zeigt neben der Uhrzeit auch noch das Datum in einem kleinen Fenster an. Dort steht: „09.07."

„Wieso geht seine Uhr falsch? Sie zeigt das Datum von gestern an."

Reflexartig will ich nach dem kleinen Rädchen am Rand des Gehäuses greifen und das richtige Datum einstellen. Gerade noch rechtzeitig hält Felix meine Hand zurück.

„Lass das! Wir dürfen hier nichts verändern." Er sieht auf die Uhr. „Es ist jetzt halb neun. Wir sollten langsam wieder von hier verschwinden."

Wieder unten in Felix' Büro setzen wir uns hin.

„Wieso hattest du es plötzlich so eilig, dort oben wegzukommen? Du warst doch begeistert von der Idee, sein

Zimmer zu durchsuchen. Und dabei haben wir uns noch nicht einmal sein Gepäck angesehen. Nur sein Buch und seine blöde Uhr."

Felix setzt sich auf seinen Schreibtischstuhl und holt einen Notizzettel aus der Schublade. Er schreibt nur zwei Namen auf den Zettel: Hans Thoman und Hubert Taber. Dazwischen setzt er ein Gleichzeichen.

„Ich wollte vermeiden, dass Stolz Verdacht schöpft. Wenn wir das Zimmer nicht so zurückgelassen hätten, wie wir es vorgefunden haben, würde er möglicherweise früher von hier abreisen. Ich habe aber ein großes Interesse daran, zu erfahren, was er heute noch vorhat."

„Mit anderen Worten, du willst ihn beschatten, ihn den ganzen Tag über verfolgen", stelle ich ungehalten fest.

„Nenn es, wie du willst! Für mich steht fest, dass er etwas im Schilde führt, und ich will herausfinden, was es ist."

„Was hältst du davon, einfach die Polizei einzuschalten? Wir könnten überprüfen lassen, ob er wirklich Meinhardt Schmidt heißt oder ob er unter einem falschen Namen hier wohnt." Ich suche nach guten Argumenten. „Man kann ihn bestimmt anhand seiner Fingerabdrücke identifizieren."

Felix schüttelt energisch den Kopf. „Was denkst du, wird passieren, wenn wir ihn von der Polizei überprüfen lassen?" Er lässt mir keine Zeit, zu antworten. „Man wird Fragen stellen – viele Fragen, unangenehme Fragen. Und irgendwann wird man auch nach dem Geld fragen. Und man wird Zusammenhänge aufdecken."

Er redet jetzt immer schneller und tippt bei jedem seiner Argumente mit den Fingern auf den Tisch.

„Willst du all das hier verlieren? Willst du, dass die Arbeit der letzten zwei Jahre umsonst war?"

Ich schüttle kaum merklich den Kopf.

„Siehst du. Es gibt nur eine Möglichkeit, wie es weitergehen kann", sprudelt es aus ihm heraus. „Ich muss herausfinden, was er weiß und was er vorhat. Deshalb werde ich ihn heute beschatten."

Ich sehe ihm an, dass er noch wesentlich mehr geplant hat, sage aber nichts. Mein Entschluss steht ebenfalls fest: Ich werde Felix beschatten.

Nach dem Mittagessen macht sich Herr Schmidt auf zu einem Spaziergang. Felix heftet sich an seine Fersen. Ich gebe Saskia Bescheid und folge den beiden in einigen hundert Metern Abstand. Schmidt geht zuerst ziellos über die Felder, bis er sich nach etwa einer Stunde dazu entschließt, wieder in Richtung Küste zu gehen. Felix folgt ihm unauffällig. Ich beobachte Felix aus der Ferne und als ich mir sicher bin, dass er mich noch nicht bemerkt hat, folge ich ihm ebenfalls.

Herr Schmidt wandert eine weitere Stunde, bis er schließlich den Strand erreicht. Dort setzt er sich auf eine der Bänke und blickt hinaus aufs Meer. Felix bleibt etwa zwanzig Meter von ihm entfernt stehen und beobachtet ihn, wie er dasitzt und nichts tut. Ich bekomme langsam das Gefühl, dass Schmidt weiß, dass er verfolgt wird und seinen Verfolger durch sinnlose Spaziergänge mürbe machen will. Sollte dem so sein, müsste ich Felix warnen. Ich beschließe jedoch vorerst, noch abzuwarten, wie sich die Lage entwickelt.

Da Herr Schmidt weiterhin ruhig auf der Bank sitzt, gehe ich rüber zu einem kleinen Kiosk und frage die Verkäuferin, ob ich kurz telefonieren kann.

„Klar können Sie telefonieren. Das kostet aber einen Groschen."

Ich lege ihr das Geld auf die Kasse und hebe den Hörer ab. Ich wähle die Nummer des Hotels und habe schon nach dem zweiten Klingeln Saskia am Apparat.

„Hotel HAUS MARIANNE, Sie sprechen mit Saskia Jörgensen."

„Saskia, ich bin es, Mia. Tu mir bitte den Gefallen und hole die alten Buchungsunterlagen aus dem Lager nach unten. Du kommst mit dem Generalschlüssel des Hausmeisters hinein. Sieh bitte nach, ob der Gast Meinhardt Schmidt früher schon einmal Gast bei uns war." Ich werfe einen Blick hinüber zu der Bank, auf die Schmidt sich gesetzt hatte. Er ist noch da. „Ich rufe dich später noch einmal an."

Ich verabschiede mich von Saskia und lege auf. Als ich aus dem Kiosk nach draußen gehe, stelle ich entsetzt fest, dass ich mich getäuscht habe. Der Mann auf der Bank ist nicht Herr Schmidt. Fieberhaft sehe ich in alle Richtungen, kann aber weder Herrn Schmidt noch Felix entdecken. Ich gehe auf die Bank zu und spreche den älteren Herrn an.

„Entschuldigen Sie die Störung. Haben Sie gesehen, in welche Richtung der Herr gegangen ist, der vor Ihnen auf dieser Bank gesessen hat?"

Der Mann ist schwerhörig und deutet mit einer an sein Ohr angelegten Hand an, dass er mich nicht verstanden hat. Ich wiederhole meine Frage noch einmal etwas lauter. Er lächelt, nickt und zeigt mit seiner rechten Hand zu den Steilklippen. Ich bedanke mich und gehe zügig in die angezeigte Richtung. Meine Hoffnung, die beiden noch einzuholen, ist gering.

Ich gehe zehn Minuten mit schnellen Schritten in die Richtung, in der ich Felix und Herrn Schmidt vermute.

Dann, als ich schon aufgeben will, sehe ich Felix am Horizont. Ich erhöhe mein Tempo, bis ich auf etwa hundert Meter an ihn herangekommen bin. Er stützt sich auf einen Stock, den er unterwegs im Wald aufgesammelt haben muss. Weiter vorne geht Herr Schmidt. Er schlendert den Weg entlang und biegt dann nach etwa einem Kilometer ab zur Steilküste.

Meinhardt Schmidt steht an der Felskante. Er bückt sich und hebt einige Steine auf, die er nacheinander in hohem Bogen ins Meer wirft. Felix steht in einiger Entfernung im Wald und beobachtet ihn. Schließlich nimmt er den Stock, auf den er sich zuvor gestützt hat, und geht aus dem Wald heraus auf Schmidt zu. Mein Atem stockt, als er laut ruft: „Stolz!"

Schmidt verharrt mitten in der Wurfbewegung. Als Felix erneut den Namen des Mannes ruft, für den er Schmidt hält, dreht dieser sich langsam um. „Guten Tag Herr Mandel."

Ich bin jetzt nah genug an die beiden herangekommen, dass ich hören kann, was sie sagen. Obwohl der Wind ihre Worte leicht verzerrt zu mir trägt, kann ich Herr Schmidt und Felix gut verstehen. Vorsichtig nähere ich mich den beiden noch ein Stückchen, versuche jedoch weiterhin unentdeckt zu bleiben.

„Welch ein Zufall, Sie hier anzutreffen." Schmidt lässt die restlichen Steine aus seiner Hand zu Boden fallen.

„Nichts passiert hier zufällig, Herr Stolz!", erwidert Felix.

Ich kann Herrn Schmidts Gesichtszüge nicht erkennen, doch seine Körperhaltung verrät mir, dass er auf den Namen Stolz reagiert hat. Er kennt diesen Namen.

„Wieso nennen Sie mich Herr Stolz? Verwechseln Sie mich mit jemandem?"

Schmidt macht einen Schritt auf Felix zu. Dieser hat ihn fast erreicht. Er geht noch ein paar Schritte und bleibt dann keine fünf Meter von Schmidt entfernt stehen. Ich bleibe ebenfalls stehen, da ich die Waldgrenze erreicht habe und um keinen Preis meine Deckung aufgeben möchte.

„Die Frage muss lauten, wieso sie sich Meinhardt Schmidt nennen." Felix stützt sich auf seinen Wanderstock ab. „Oder wieso Sie Hubert Taber kennen." Jetzt zuckt Schmidt merklich zusammen. „Welchen Namen hatte sich Römer ausgesucht? Stefan Reichert?"

Schmidt schüttelt den Kopf. „Richter. Stefan Richter." Er macht einen weiteren Schritt auf Felix zu. „Woher kennen Sie seinen Namen?"

Eine Windböe erfasst die beiden. Schmidt hat deutliche Schwierigkeiten, sein Gleichgewicht zu halten.

„Ich habe Herrn Ewalds Aufzeichnungen gelesen. Sie werden darin auch erwähnt, Herr Martin Stolz."

Wieder zuckt der Alte zusammen.

„Hat Hans Sie übers Ohr gehauen? Sind Sie deshalb hinter ihm her gewesen?", bohrt Felix weiter nach.

„Er hat uns drei betrogen. Hat Geld einkassiert, das für uns gedacht war, für unseren Ruhestand, die Zeit nach dem Krieg."

„Haben Sie ihn deshalb getötet?" Felix geht einen weiteren Schritt auf Schmidt zu. „Haben Sie ihn möglicherweise genau hier von dieser Klippe geworfen?" Er deutet mit dem Stock auf die Steilküste. „Oder haben Sie ihn irgendwo im Wald vergraben?"

„Was reden Sie da für einen Unsinn? Ich habe ihm nichts getan. Er hat mich ja noch nicht einmal erkannt. Wie es scheint, ist er in letzter Zeit recht unvorsichtig geworden." Er macht eine kurze Pause. „Vorgestern hat er mich sogar recht freundlich gegrüßt." Er lächelt.

Der letzte Satz trifft mich wie ein Schlag vor den Kopf. Wieso behauptet Schmidt, mein Onkel habe ihn vorgestern noch begrüßt? Bedeutet das, dass Hans noch lebt? Aber wo hält er sich dann auf? Und wieso versteckt er sich vor uns? Er muss doch zwischenzeitlich mitbekommen haben, dass Felix und ich das Hotel wieder in Betrieb genommen haben.

„Reden Sie keinen Unsinn!" Felix schreit jetzt. „Sie haben ihn hier heruntergestoßen, um ihn zu beseitigen. Genauso, wie Römer es damals in seinem Haus versucht hat." Jetzt hebt er den Stock an und hält ihn wie eine Keule. „Aber das wird Ihre letzte Tat gewesen sein."

Mein Herz setzt aus, als Felix auf Schmidt zuspringt. Er schlägt ihm mit dem Stock auf den Kopf, wodurch Schmidt zu Boden geht. Ich schreie auf und renne los. Felix dreht sich zu mir um und lässt Schmidt aus den Augen. Als ich noch etwa zehn Meter von den beiden entfernt bin, trete ich mit dem linken Fuß in ein Schlagloch und komme ins Straucheln. Während ich falle, sehe ich, wie Schmidt aus seiner Jackentasche eine Pistole zückt. Ich versuche Felix zu warnen, aber aufgrund der Schmerzen in meinem Bein bringe ich keine Worte zustande. Ich schlage hart auf und spüre den Boden an Händen und Schultern. Ich versuche, sofort wieder aufzustehen, und winke Felix mit beiden Armen wild zu, doch ich spüre, dass ich das Unvermeidbare nicht mehr abwenden kann. Felix hat den Stock auf den Boden gelegt und geht jetzt auf mich zu. Verzweifelt greife ich nach einigen Steinen, die auf dem Boden liegen und werfe sie nach Schmidt. Der erste Stein trifft ihn an der Schulter, doch alle weiteren Steine verfehlen ihn.

Felix bleibt verwirrt stehen und, als er begreift, dass meine Steinwürfe eine Attacke auf Schmidt sein sollen, dreht er sich blitzartig wieder zu Schmidt – und erstarrt.

Meinhardt Schmidt zielt mit der Pistole auf Felix Kopf und drückt ab.

Der Knall lässt alle anderen Geräusche verstummen. Plötzlich ist es still. Alles, was ich höre, ist ein leises Pfeifen. Durch einen Schleier der Tränen sehe ich verschwommen, wie Felix zu Boden gerissen wird. Schmidt, dem die Waffe aus der Hand gefallen ist, sackt erschöpft zusammen. Mein erster Gedanke ist, dass ich mich um Felix kümmern muss. Doch dann fällt mir die Waffe ein und mir wird bewusst, dass Schmidt auch auf mich schießen könnte.

Mühsam stehe ich auf. Den Schmerz in meinem Fuß ignoriere ich. Ich laufe humpelnd auf Schmidt zu. Als ich an Felix vorbeikomme, höre ich seinen rasselnden Atem. Ich hebe seinen Wanderstock auf und gehe weiter auf Schmidt zu. Gerade versucht er, sich aufzurichten. Ich suche mit den Augen den Boden ab. Die Pistole ist ihm nach dem Schuss aus der Hand gefallen. Sie liegt etwa einen Meter hinter Schmidt. Mit einem unartikulierten Wutschrei stürze ich mich auf Schmidt. Ich treffe ihn mit dem Stock zunächst in der Magengegend. Er krümmt sich vor Schmerzen. Dann treffe ich ihn am Kopf. Wieder und wieder und wieder. Schließlich lasse ich von ihm ab. Ich nehme die Waffe an mich und drehe mich um und humple zu Felix.

„Großer Gott Felix, was hast du dir nur dabei gedacht?"

Er röchelt leise und sieht mich mit halb geschlossenen Augen an. Er hat nicht die Kraft, zu sprechen. Die Kugel hat ein großes Loch in seine Wange gerissen und seinen Hals verletzt. Blut strömt in Stößen aus der Wunde.

„Ich werde Hilfe holen", verspreche ich, doch mir ist bewusst, dass ich ihn weder allein lassen kann noch schnell genug das nächste Telefon erreichen werde. Also bleibe ich bei ihm sitzen. Tränen fließen mir über die Wangen. Ich sehe noch einmal in sein verstümmeltes Gesicht. Dann stehe ich auf und rufe um Hilfe. Doch niemand hört mich.

Epilog

Hans Ewald saß spät am Abend an seinem Schreibtisch und hielt seinen Füller in der Hand. Er hatte gerade seinen letzten Tagebucheintrag verfasst. Jetzt schwebte der Füller über der noch fast gänzlich unbeschriebenen Seite. Hans überlegte, ob er noch etwas ergänzen sollte. Irgendeinen Hinweis, den er Felix noch geben sollte. Er entschied sich dagegen. Er machte mit seinem Füller einen Punkt hinter seinen letzten Satz und legte ihn dann zur Seite. Hans riss die Seite aus seinem Tagebuch heraus und legte sie in die dicke Mappe zum Rest des Manuskripts. Dann zog er ein Glas zu sich heran und goss sich einen Cognac ein. Er überlegte, ob er sich eine Zigarre anzünden sollte. Er hatte seit über drei Jahren nicht mehr geraucht. Dennoch beschloss er, seine nächste und wahrscheinlich letzte Zigarre auf später zu verschieben.

Hans hatte in der vergangenen Woche viele Tränen vergossen. Seit er den Brief seiner Frau Marianne gefunden hatte, war seine Welt mehr und mehr in kleine Stücke zerbrochen. Es kostete ihn jeden Tag mehr Kraft, diese Bruchstücke zu einem großen Ganzen zusammenzuhalten. Wieso kam er sich so betrogen vor? Wieso war es ihm in all den Jahren ihrer Ehe nicht gelungen, Mariannes Lügen aufzudecken? Sie hatte ihn geliebt. Daran bestand für ihn kein Zweifel. Aber wenn sie nicht die Frau gewesen war, für die er sie gehalten hatte, wie konnte er sich dann sicher sein, dass er sie geliebt hatte?

Mit jedem Riss in seiner Realität hatte er mehr und mehr getrunken. Er versuchte, seinen Verfall vor den Angestellten so gut wie möglich zu verbergen, war sich aber sicher, dass zumindest Elsa etwas bemerkt hatte. Sie hatte ihn noch nicht direkt darauf angesprochen, dennoch bildete Hans sich ein, dass sie die eine oder andere spitze Bemerkung hatte fallen lassen.

Gestern war er bei seinem Notar in der Stadt gewesen und hatte dort sein Testament hinterlegt. Jetzt könnte er in Frieden sterben. Hans vertraute darauf, dass Felix sein Projekt fortführen würde, er brauchte sich keine Gedanken um seine Angestellten zu machen.

Hans trank den Cognac aus. Dann stand er auf. Seine alten Gelenke knackten hörbar. Er nahm sein Manuskript und legte es in seinen kleinen Tresor. Er schloss die Tresortür, nur um sie kurz darauf wieder zu öffnen. Er hob die beiden Notizbücher hoch und zog den braunen Umschlag mit der Beschriftung „1967" darunter heraus. Er legte ihn in das Waschbecken und nahm eine kleine Packung Streichhölzer von seinem Schreibtisch. Dann zündete er eines der Hölzchen an. Er würde die Akte verbrennen müssen. Niemand durfte je erfahren, in welcher Verbindung er zu Stolz, Römer und Thoman stand. Niemand außer Felix. Hans zögerte. Er wedelte mit dem Streichholz, bis die Flamme erlosch, und nahm die unversehrte Akte wieder aus dem Waschbecken. Er legte sie zurück in den Tresor. Diesmal schloss er die Tür und verriegelte sie.

Er ging zurück zu seinem Schreibtisch und nahm seine Zigarre aus der Schublade. Dann zog er seine Jacke an und schob die Cognacfalsche in eine der beiden Taschen. Er wollte sein Büro schon verlassen, als sein Blick auf die Deckenlampe fiel. Er würde eine Taschenlampe brauchen. Da er in seinem Büro keine Taschenlampe finden konnte, beschloss Hans, nach unten in den Keller zu gehen und im Werkraum des Hausmeisters nachzusehen. Er schloss sein Büro ab und ging langsam zur Kellertür.

Das Licht flackerte nervös, als er die Tür öffnete. Vorsichtig ging er die steile Treppe nach unten. Obwohl er der Besitzer des Hotels war, kannte er sich im Keller nicht besonders gut aus. Am Fuß der Treppe tastete er nach dem Lichtschalter. In der sofort einsetzenden Helligkeit musste er fast die Augen zusammenkneifen. Hans ging den Gang entlang und blieb an der ersten Tür stehen. Sie war verschlossen. Aus seiner Jackentasche kramte er den Generalschlüssel hervor und schloss die Tür auf. Drinnen war die Luft stickig. Er schaltete das Licht ein und ging zur Werkbank. Dort lagen allerlei Werkzeuge und ölverschmierte Lappen. Hans riss die Schubladen eine nach der anderen auf. In der letzten Schublade fand er, was er gesucht hatte. Er steckte die Taschenlampe in seine Jackentasche, schloss die Schubladen wieder und verließ die Werkstatt.

Hans sah auf seine Taschenuhr. Es war bereits halb zwölf. Er durfte jetzt keine Zeit mehr verlieren. Mit schnellen Schritten ging er die Treppe hinauf ins Erdgeschoss. Er ging in die Küche und nahm sich ein Brot und eine Flasche Wasser aus dem Vorrat. Dann ging er durch die Eingangshalle hindurch und die Treppe hinauf. Als er im ersten Stock angekommen war, zeigte seine Uhr bereits zwanzig Minuten vor zwölf. Hans zwang sich dazu, noch schneller zu gehen. Er eilte hinauf in den zweiten Stock und ging den Gang entlang. Vor Zimmer 5 blieb er schwer atmend stehen.

Er zog den Schlüssel aus seiner Tasche und schob ihn langsam ins Schloss. Sein Herz klopfte so stark, dass er sich sicher war, einen Herzinfarkt zu erleiden. Hans drehte den Schlüssel vorsichtig um und öffnete die Tür. Er atmete noch einmal tief ein und betrat das Zimmer.

Hans schließt die Tür hinter sich. Dann lauscht er in den Raum hinein. Stille. Er hört keine Gäste, die im Nachbarzimmer laut schnarchen, oder gerade die Toilettenspülung betätigen. Er sieht sich im Raum um. Unter dem Fenster steht ein großes Bett. Auf dem Bettzeug liegt eine Tagesdecke, die von feinem Staub bedeckt ist. In den Ecken des Zimmers haben Spinnen ihr Netz gewoben.

Hans weiß, dass er sich zur richtigen Zeit in dem Zimmer befindet. Er geht zu dem kleinen Tischchen und setzt sich auf den Stuhl, der ebenfalls von einer dünnen Staubdecke bedeckt ist. Er sieht auf seine Uhr. Es ist Mitternacht. Er legt das Brot auf den Tisch und stellt die Flasche Wasser und den Cognac daneben. Dann steht er wieder auf und geht ins Badezimmer. Es hängen keine Handtücher an den Haken. In der Dusche sitzt eine fette Spinne. Hans zertritt sie mit seinem Schuh. Er schaltet das Licht ein. Nichts passiert. Er betätigt den Schalter erneut. Die Lampe bleibt dunkel.

Hans verlässt das Badezimmer wieder und probiert, das Licht im Zimmer einzuschalten. Weder die Deckenbeleuchtung noch die Nachttischlampe funktionieren. Er zieht die Taschenlampe aus seiner Jackentasche und knipst sie an. Der Lichtschein ist sehr schwach. Hans ärgert sich, dass er nicht daran gedacht hat, frische Batterien einzupacken. Er schaltet die Lampe wieder aus. Momentan fällt noch genügend Licht des sternenklaren Nachthimmels durch das Fenster.

Hans tritt an das Fenster und blickt hinaus. Draußen bietet sich ihm der vertraute Anblick. Zumindest denkt er das. Aber ein zweiter genauerer Blick verrät ihm, dass keine Tische und Stühle auf der Terrasse vor dem Restaurant stehen. Hans überlegt für einen Moment, ob er das Fenster öffnen soll, aber er traut sich nicht.

Schließlich geht er wieder zurück zu dem kleinen Tisch und öffnet die Wasserflasche. Er isst ein Stück Brot und trinkt dazu etwas Wasser. Dann geht er zum Bett und zieht die Tagesdecke zur Seite. Die Bettdecke ist nicht bezogen. Das Kopfkissen ebenso. Er legt sich dennoch hin. Er ist unglaublich müde und so findet er trotz seiner großen Aufregung etwas Schlaf.

Hans döst nur ganz kurz weg. Als er wieder erwacht, ist es noch genauso dunkel wie zuvor. Noch immer scheint das Licht der Sterne durch das Fenster in Zimmer 5 hinein. Hans dreht sich um und versucht krampfhaft, wieder einzuschlafen. Aber wie immer, wenn man versucht einzuschlafen, gelingt es ihm nicht. Er steht auf, um im Bad Wasser zu lassen. Danach geht er wieder mehrmals im Zimmer auf und ab. Er sieht auf seine Uhr. Es ist halb zwei. Hans ist sich nicht sicher, wie lange er in Zimmer 5 bleiben soll. Er beschließt, es frühestens um acht Uhr zu verlassen.

Er legt sich wieder ins Bett. Diesmal schläft er fast augenblicklich ein. Er schläft tief, fest und traumlos. Als er erwacht, geht bereits die Sonne auf. Ein Blick auf die Uhr verrät ihm, dass es halb sechs Uhr morgens ist. Er steht auf, setzt sich an den Tisch und isst ein weiteres Stück Brot, das er mit einigen Schlucken Wasser herunterspült. Dann sieht er erneut aus dem Fenster. Die Szenerie ist unverändert.

Hans geht einmal quer durchs Zimmer. Er hält sein rechtes Ohr, auf dem er noch etwas besser hört, an die

Wand und lauscht. Kein Laut ist aus dem Nachbarzimmer zu vernehmen. Er geht ins Badezimmer und lauscht an der anderen Wand. Stille.

Hans merkt, wie er immer unruhiger wird. Er sieht jetzt schon fast im Minutentakt auf die Uhr. Es ist mittlerweile halb sieben. Er beschließt, nicht länger zu warten. Um den Moment der Gewissheit noch etwas hinauszuzögern, setzt er sich wieder an den kleinen Tisch und öffnet die Cognacfalsche. Er nimmt die Zigarre aus seiner Jackentasche und steckt sie sich an. Nach dem ersten kräftigen Zug muss er ein wenig husten. Beim zweiten Zug kann er sich voll und ganz auf das kräftige Aroma konzentrieren. Nach dem dritten Zug nimmt er einen Schluck Cognac aus der Flasche. Hans ermahnt sich, nicht zu viel zu trinken, da er weiterhin einen klaren Kopf braucht. Er raucht die Zigarre zur Hälfte und drückt sie dann im Badezimmer am Waschbecken aus. Dann geht er zur Zimmertür und öffnet sie.

Hans wird auf den Gang hinaustreten. Er wird über den staubbedeckten Fußboden gehen, hinüber zu der alten hölzernen Treppe. Er wird den schweren Handlauf anfassen und sich über das gewohnte Gefühl freuen. Dann wird er langsam die Treppe hinuntergehen. Er wird sich darüber wundern, wieso er keine Gäste und kein Personal hört. Unten in der Eingangshalle wird Hans sich umblicken und bemerken, dass der Leuchter nicht mehr an der Decke hängt. Er wird hinter die verlassene Rezeption gehen und feststellen, dass sein Schlüssel noch immer in die Tür zu seinem alten Büro passt. Er wird die Tür öffnen und den Raum betreten, der einst ihm und Felix als Büro gedient hat.

Im Büro wird Hans feststellen, dass zwar noch alle Möbel vorhanden sind, aber die Regale leer stehen. Auf dem Tisch wird er einige alte Zeitungen sehen. Er wird sich setzen und beginnen die Schlagzeilen der Zeitungen zu studieren: „Junger Hoteleigentümer von Gast erschossen" und „Hotelmanagerin wegen Totschlags verhaftet" und schließlich „Hotel HAUS MARIANNE bis auf Weiteres geschlossen".

Hans wird diese Schlagzeilen und die zugehörigen Artikel mehrmals lesen, ohne zu begreifen, was er dort liest. Dann wird er aufstehen und sein Büro verlassen. Er wird das Hotel hinter sich lassen und den Weg in den Ort auf sich nehmen. Er wird den ersten Menschen, der ihm begegnet, fragen, wo Felix Mandel begraben liegt. Dann wird er auf den Friedhof gehen und die Grabreihen entlangschlendern, bis er das Grab seines Freundes gefunden hat. Dort wird Hans Ewald weinen.

ENDE

Hinweise des Autors

In dieser Geschichte verbergen sich – wobei man bei all der Offensichtlichkeit schlecht von „Verbergen" reden kann – mehrere Hinweise auf Stephen Kings Werk, insbesondere auf seinen Roman „Atlantis".

Erstens ist das komplette Kapitel „Die Jagd" an die Suche nach den Männern in den gelben Regenmänteln angelehnt. Auch dort wird ein Junge (Bobby) von einem etwas schrulligen Nachbarn (Ted) damit beauftragt, nach einigen üblen Kerlen Ausschau zu halten.[1]

Und zweitens liest Martin Stolz mit „Herr der Fliegen" exakt das Buch, das Bobby von Ted Brautigan empfohlen bekommt.

Die nächsten zwei versteckten Hinweise deuten auf den coolsten Detektiv aller Zeiten (und ich rede nicht von Sherlock Holmes): Nick Charles. Nick ist nicht nur der Protagonist des Buches „Der dünne Mann" (das in meiner Geschichte wiederum Felix Hans empfiehlt), sondern er ist auch die Hauptfigur der gleichnamigen Filmserie. Die Verfolgungsszene in dem letzten Kapitel (Felix verfolgt Stolz, Mia verfolgt Felix) entstand in Anlehnung an die Szene aus „Der dünne Mann kehrt heim", in der Nora Charles den vermeintlichen Mörder Brogan verfolgt, während sie unbemerkt von Edgar Draque verfolgt wird. Leider hat meine Geschichte an dieser Stelle nicht so einen glimpflichen Ausgang wie die Filmszene.

---

1   Man könnte argumentieren, dass Mr King sich ebenfalls bei Robert Louis Stevenson bedient hat, der den jungen Jim Hawkins Ausschau nach einem Einbeinigen halten lässt, vor dem sich der alte Bones fürchtet.

Abschließend möchte ich – stellvertretend für all die riesigen Löcher in dem Schweizer Käse namens „Haus Marianne" – noch ein paar Worte über das seltsame Verhalten von Frau Jung verlieren.

Der geneigte Leser wird sich gefragt haben, wieso sie, als Mia sie anrief, einfach aufgelegt hat. Hier bietet der Roman keine Erklärung. Möglicherweise ist in der Zwischenzeit ihr Sohn verstorben und Frau Jung hat die Trauer noch nicht überwunden. Oder sie hatte – so absurd es klingen mag – eine Salmonellenvergiftung und musste schleunigst auf die Toilette. Oder...

All diese Szenarien sind möglich und es liegt in der Fantasie des Lesers, diese Lücke zu stopfen. Es gibt eine Erklärung, die ich in der Kurzgeschichte „Frau Jung wird Mutter" niedergeschrieben habe. Aber das ist eben nur meine Version.

Jetzt aber genug der Erläuterungen. Wer noch Fragen bezüglich der Geschichte rund um Felix, Mia und Hans hat, möge mir schreiben an david.hermann1985@web.de

Es ist nun an der Zeit, Danke zu sagen.

Danksagungen

Ich danke allen voran meinem Cousin Lutz, der so viel mutiger an seine Texte herangeht als ich und der mich überhaupt erst auf die wahnwitzige Idee gebracht hat, ein Buch zu schreiben. Vielen Dank für all die kreativen Inputs und vielen Dank fürs Adverbien streichen.

Außerdem möchte ich mich bei meinen Testlesern bedanken. Vor allem bei meinem Schwager Peter, der mein Manuskript in einem Rutsch durchgelesen hat (nicht einmal ich habe das geschafft) und mir damit gezeigt hat, dass es so schlecht nicht sein kann.

Dann muss ich mich noch bei meiner idealen Leserin Katharina für die vielen hilfreichen Anmerkungen bedanken. Ihr sind Fehler im Buch aufgefallen, die mir wahrscheinlich entgangen wären („Er trinkt den Kaffee doch mit Milch und Zucker"). Ich muss jedoch gestehen, dass ich auch den einen oder anderen Verbesserungsvorschlag ignoriert habe.

Zuletzt möchte ich mich noch bei meiner Lektorin Rebecca bedanken, die das Buch noch einmal auf ein ganz neues Level gehoben hat. Sollten die Dialoge irgendwie realistisch klingen, dann liegt das nur an ihr. Vielen Dank dafür, dass du immer auf meine „Anfängerfragen" geantwortet hast.

Und zu allerletzt bedanke ich mich bei Petra für die wunderbare Gestaltung des Coverartworks. Du hast alle Erwartungen übertroffen.

Halt noch Eins! Ich darf natürlich nicht vergessen, mich bei Ihnen, liebe Leserinnen und Leser, zu bedanken. Ich hoffe, mein Buch hat Ihnen gefallen. Wenn nicht, haben Sie ja meine E-Mail-Adresse.

David Hermann (Sommer 2018 – Sommer 2019)